O VETERINÁRIO DE DEUS

e histórias que emocionam

EDITORA EME

Solicite nosso catálogo completo, com mais de 350 títulos, onde você encontra as melhores opções do bom livro espírita: literatura infantojuvenil, contos, obras biográficas e de autoajuda, mensagens espirituais, romances palpitantes, estudos doutrinários, obras básicas de Allan Kardec, e mais os esclarecedores cursos e estudos para aplicação no centro espírita - iniciação, mediunidade, reuniões mediúnicas, oratória, desobsessão, fluidos e passes.

E caso não encontre os nossos livros na livraria de sua preferência, solicite o endereço de nosso distribuidor mais próximo de você.

Edição e distribuição

EDITORA EME

Caixa Postal 1820 - CEP 13360-000 - Capivari - SP
Telefones: (19) 3491-7000 | 3491-5449
Vivo (19) 99983-2575 | Claro (19) 99317-2800
vendas@editoraeme.com.br - www.editoraeme.com.br

AUTORES DIVERSOS

O VETERINÁRIO DE DEUS

e histórias que emocionam

Capivari-SP
– 2018 –

Os direitos autorais desta obra foram cedidos pelos autores para a Editora EME, o que propicia a venda dos livros com preços mais acessíveis e a manutenção de campanhas com preços especiais a Clubes do Livro de todo o Brasil.

A Editora EME mantém, ainda, o Centro Espírita "Mensagem de Esperança" e patrocina, junto com a Prefeitura Municipal e outras empresas, a Central de Educação e Atendimento da Criança (Casa da Criança), em Capivari-SP.

1ª edição - abril/2018 - 3.000 exemplares

CAPA | Marco Melo
ILUSTRAÇÕES DE CAPA E MIOLO | Matheus Vigliar
PROJETO GRÁFICO E DIAGRAMAÇÃO | Marco Melo
REVISÃO | Editora EME

Ficha catalográfica

Autores diversos
O veterinário de Deus e histórias que emocionam - 1ª ed. abr. 2018 - Capivari, SP: Editora EME.
152 p.

ISBN 978-85-9544-054-8

1. Contos espíritas. 2. Espiritismo. 3. Comunicação com os espíritos. I. Título.

CDD 133.9

Sumário

Apresentação

Este é um livro que toca fundo nossa alma.

São histórias emocionantes e inéditas de autores consagrados nas fileiras espíritas.

Com elas viajamos à Idade Média; à cidade espiritual Nosso Lar; ao Brasil do século XIX; conhecemos uma graciosa "netinha" de Allan Kardec; embrenhamo-nos em uma história cheia de amor e abnegação que dá título a este livro; somos agraciados com um conto sobre o carpinteiro de Nazaré; e, para encerrar, uma linda narrativa escrita pela nossa querida Dauny Fritsch.

Boa leitura!

O editor

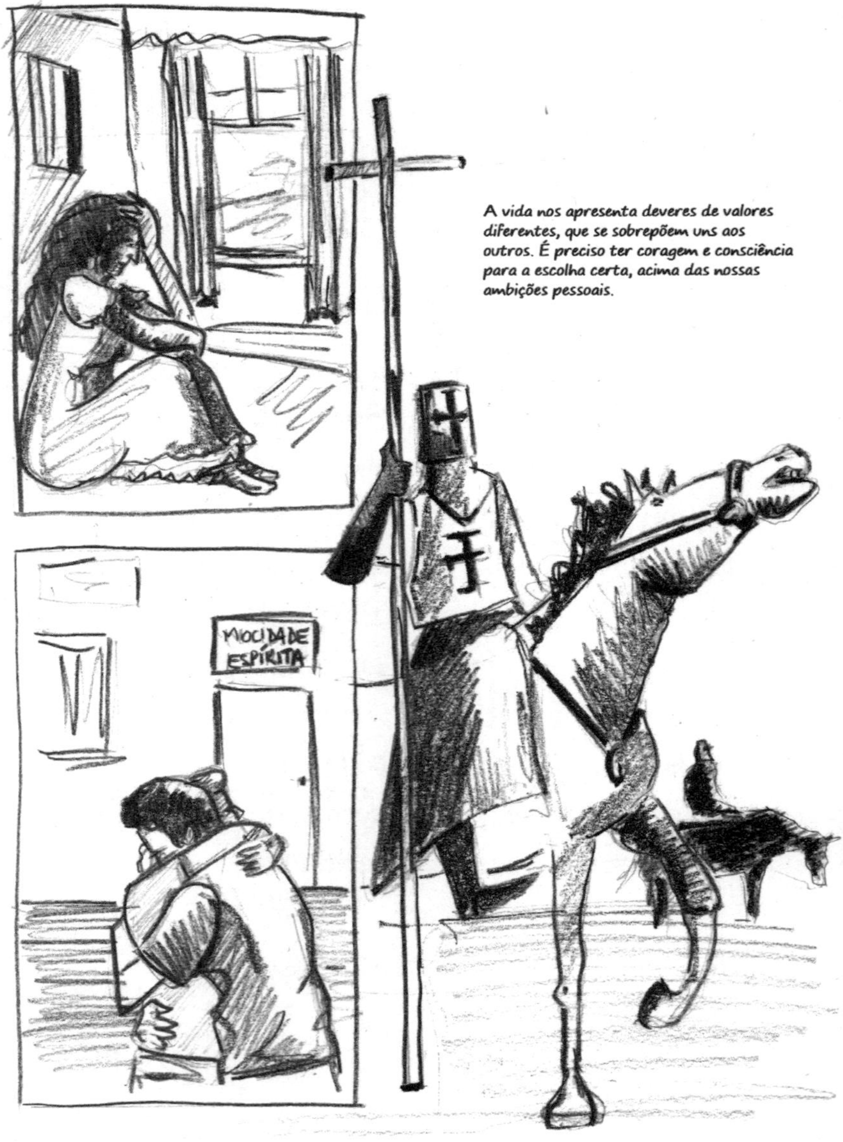
A vida nos apresenta deveres de valores diferentes, que se sobrepõem uns aos outros. É preciso ter coragem e consciência para a escolha certa, acima das nossas ambições pessoais.
MOCIDADE ESPÍRITA

Amor e Cruzada: Um conto da Idade Média

Donizete Pinheiro

França, 1244. Ali, naquele povoado, próximo a Lyon, nascera e residia Henri, agora um jovem loiro, alto e forte. Ajudava os pais na pequena lavoura, da qual sobreviviam vendendo ou trocando produtos nas feiras de uma Lyon medieval. Sendo os pais cristãos, Henri aprendeu a ler e escrever com bondosos religiosos que assumiram seus ofícios na região. Respeitava a Santa Igreja, sendo ardoroso na sua fé.

No auge da juventude, seus interesses atuais

se dirigiam a uma donzela de cabelos e olhos pretos, de beleza ímpar para aqueles tempos e circunstâncias de uma vida sem recursos e ciência obscura. Era pouco mais que uma adolescente, madura e inteligente para a sua idade. Marie, seu nome, igualmente se encantava com aquele alegre rapaz que conhecera na igreja quando sua família mudou-se para o mesmo vilarejo francês.

Em breve estabeleceram compromisso afetivo, com juras de amor eterno e união para sempre. Havia entre eles laços de simpatia e amizade que transbordavam numa alegria constante. Conversavam animadamente sobre as trivialidades e partilhavam com fervor o culto religioso. Já não suportavam ficar distantes, e o anseio era o casamento sob as bênçãos da Igreja Romana.

Mas a felicidade ainda não é deste mundo...

Começava o ano de 1248 e notícias chegavam dizendo que o rei Luís IX iniciara uma Cruzada e convocava voluntários para seu exército. Fizera ele votos para libertar o Santo Sepulcro caso fosse curado de uma grave disenteria, o que aconteceu.

O monarca austero e religioso, que no futuro seria considerado santo, chegou a Lyon para pedir a bênção do papa Inocêncio IV e dali seguiria para o porto de Aigues-Mortes, onde o aguardavam quase 2 mil embarcações que deveriam conduzir os cruzados ao Egito.

Os homens cristãos e saudáveis se alistavam. Mas Henri... Ele ficou angustiado. Não desejava se afastar daquela que era a alegria de seu viver, mas sua consciência religiosa o conclamava a seguir com o rei em defesa da Terra Santa. Tinha coragem para isso e habilidade com a espada e o cavalo.

– Como partir justamente agora que os nossos sonhos se concretizam! E se você morrer? – exclamava a jovem chorosa.

– Mas como ficar, se isso pode parecer covardia perante os companheiros? – argumentava Henri.

A vida nos apresenta deveres de valores diferentes, que se sobrepõem uns aos outros. É preciso ter coragem e consciência para a escolha certa, acima das nossas ambições pessoais.

E as Cruzadas eram justas? Será que a mensagem de Jesus estaria aprisionada em algum local da Terra ou nas mãos de alguém? Não foi ele mesmo quem dissera que seu "reino não era deste mundo"? E como considerar santo um local conquistado no fio da espada e à custa da vida e sofrimento de homens todos eles filhos de Deus? "Guarda a tua espada, Pedro, porque com ferro quem fere, também será ferido!"...

Porém, a humanidade ainda não havia bem compreendido a mensagem da Boa-Nova. Para o orgulho religioso, os outros sempre serão hereges que devem se converter ou morrer.

Henri era um crente de sua época, com o pensamento submetido pela igreja dominante. Sua decisão, pois, foi de se alistar.

– Você aguardará o meu retorno, querida? – questionou Henri.

– Sim, esperarei por ti por todo o sempre! – prometeu uma Marie entristecida.

E Marie guardou consigo a imagem do seu amado seguindo a cavalo pela estrada que levava da pequena vila até Lyon. Lacrimosa e com o coração aflito, acompanhou aquele quadro até que Henri sumiu no horizonte entre as árvores frondosas que ladeavam o caminho poeirento do verão francês.

Desde então, a vida de Marie se arrastou penosamente. Se de dia se mantinha ocupada pelo trabalho, a noite era de recordações e expectativas pela volta da alma de sua alma. Encontrava um pouco de conforto nas palavras dos amáveis pais e nos sermões religiosos aos domingos.

Quanto tempo demoraria essa espera? Será que ele voltaria? A falta de notícias mais a atormentava.

Seis anos depois os boatos eram de que o rei havia sido vencido pelos muçulmanos e caíra prisioneiro. Grande parte de seu exército havia se perdido na viagem até o Egito, muitos cruzados pereceram pela fome, pelas pestes ou pela espada inimiga.

E o que teria acontecido com Henri? Estaria morto ou prisioneiro? Teria se perdido pelo caminho ou fizera a opção de permanecer em outras terras, esquecendo-se da família e de Marie? Seria isso possível?

Aquela que ficou conhecida como a sétima cruzada redundou em fracasso. O rei só foi libertado a peso de ouro e assim mesmo ainda demorou a regressar.

Marie não mais suportava a saudade. Prometera ser fiel e aguardar Henri para sempre, por isso não se interessava por outros homens. Dia após dia, passou a ser consumida pela tristeza. Alimentava-se pouco, não cuidava da aparência, andava sem rumo e constantemente era vista com o olhar perdido na estrada por onde se fora o amado. Não valeram os estímulos da família e nem os conselhos do padre. Marie perdera o desejo de viver. Breve, dava seu corpo frágil e consumido a uma rasa sepultura no campo santo do vilarejo.

Mas a alma é imortal.

Marie despertou no mundo espiritual em estado de perturbação, fraca, sonolenta, sem noção do que ocorria. A então crença na imortalidade era simplória... Um céu ou um inferno. Como poderia se imaginar: morta ou viva? Tudo parecia um pesadelo sem fim. Não percebia o passar do tempo. Ao seu redor uma névoa escura. Na mente, recordações confusas de Henri, da família, do local onde morava. Onde estaria?

Até que se lembrou de orar. E orou a Deus com fervor, rogando compaixão e luz. Surge-lhe, então, a imagem de uma madona radiante. "Maria, a mãe de Jesus?" - pensou.

– Não, minha filha. Sou apenas tua irmã e venho para te socorrer, em nome do Senhor.

Acolhendo-a nos braços, aquela alma boa conduziu Marie para um aprazível recanto da natureza, um belo jardim com flores e árvores, água corrente e suave, com um céu claro pintado por nuvens alvas e vez por outra visitado por delicadas aves que planavam tranquilamente.

Repousando no colo daquela alma boa, Marie foi informada de que agora era uma alma liberta e que a vida na Terra ficara para trás com a morte do corpo físico.

– Teu sofrimento, minha filha – esclarecia-lhe o espírito, amavelmente –, tem por causa a tua falta de fé em Deus e Sua justiça e misericórdia. Deixou-se abandonar pela saudade, quando o verdadeiro amor é motivador e cheio de esperança no porvir de felicidade. De coração aprisionado nos teus anseios de felicidade com Henri, esqueceu-se de que outras criaturas te aguardavam também o carinho e a atenção; que tinha uma tarefa a realizar na vida, e que, infelizmente, não se cumpriu. O amor não é exclusivista e mais se amplia quanto mais se ama. Agora, procure descansar.

Embora confortada e mais calma, Marie ainda não tinha exata compreensão das coisas, o que é natural quando o espírito não avança no conhecimento das coisas que são próprias do seu mundo.

Apesar de tudo, Marie permanecia fixada na causa de sua desdita: "Onde estaria Henri?..."

Ah! As dores do coração! Só o tempo e as diversas reencarnações para curá-las...

Brasil, 1944

Henrique é um jovem entusiasta do espiritismo, frequentando com a família um centro espírita do Rio de Janeiro, na época a Capital do país. Rapaz falante, carismático e com inclinação para as letras, cursava a então Faculdade Nacional de Direito da Universidade do Brasil. Seu sonho era ser bacharel, um advogado que pudesse defender os direitos dos mais fracos e injustiçados. Também considerava divulgar a doutrina que tanto lhe preenchia os anseios da alma. Era um tempo de lutas acirradas para o movimento espírita brasileiro, ainda muito recente, sem um rumo definido, e que enfrentava a oposição da Igreja e de alguns órgãos do governo.

Às vezes, Henrique ia às palestras na Federação Espírita Brasileira, na sede histórica da Avenida Passos, instituição, à época, sob a corajosa presidência de Antônio Wantuil de Freitas, onde assistiu a várias palestras, embevecido.

Foi ali, na FEB, que teve a oportunidade de ouvir o professor e poeta Leopoldo Machado, ardoroso incentivador das mocidades espíritas, que argumentava com a necessidade de preparação dos moços para a continuidade das instituições. Após uma das suas memoráveis conferências, Henrique teve a iniciativa de propor aos jovens amigos do centro a criação de uma mocidade espírita. Com a concordância de todos, a proposta foi apresentada à diretoria, que permitiu o início das atividades, desde que acompanhadas por um diretor, que seria uma espécie de mentor encarnado da mocidade espírita.

A natural capacidade de liderança de Henrique o levou a dirigir a mocidade e organizar as reuniões, que consistiam no estudo das obras de Allan Kardec e de seus contemporâneos Léon Denis e Gabriel Delanne. Nesse tempo, o médium mineiro Francisco Cândido Xavier já tinha publicado pela FEB alguns livros psicografados, que também eram eventualmente estudados pelo grupo, especialmente *Nosso Lar*, no qual o espírito André Luiz, pela primeira vez, trazia importantes revelações sobre o mundo espiritual, descrevendo-o como um mundo organizado, concreto para os seus moradores, com natureza própria, cidades e várias instituições, embora em outro padrão vibratório não perceptível pela tecnologia humana.

Com boa oratória, Henrique empolgava a todos pela simpatia, pela facilidade do verbo e memória lúcida, reportando-se com habilidade e simplicidade aos ensinos doutrinários, que assim eram bem compreendidos por todos. Aos poucos, o grupo aumentava, atraindo diversos jovens de ambos os sexos. Expandiram-se as atividades para o atendimento social, dedicando-se os jovens à arrecadação de mantimentos e roupas, que eram depois distribuídos às famílias assistidas pela instituição.

Semanalmente, os jovens saíam de porta em porta solicitando a colaboração das pessoas na doação de um quilo de alimento, atividade que constituía motivo de alegria para todos eles. Em breve, pela psicografia de Chico Xavier, espíritos como doutor Bezerra de Menezes e Auta de Souza estimularam a implantação desse tipo de atividade nas casas espíritas, daí surgindo a conhecida Campanha da Fraternidade Auta de Souza.

Embora fosse sensível e gentil, Henrique até então não se interessara por nenhuma jovem, mas a manhã de determinado domingo lhe reservava novas emoções. Miriam, uma moça loira de pele alva e olhos verdes e tristes, compareceu trazida por amigas à reunião da mocidade espírita. De família católica, Miriam buscava alternativa para as suas dúvidas quanto à justiça de Deus, a origem da vida, o sofrimento na Terra e o destino das almas. O que ouvia na igreja não atendia à lógica de sua inteligência, e ela ali se encontrava incentivada pelas colegas da Escola Normal, onde cursava o magistério.

Apresentada a Henrique, ambos experimentam indefinível emoção. Ao toque das mãos no gentil cumprimento, Miriam sente um ligeiro frêmito que lhe abala a costumeira serenidade. Henrique, por sua vez, se pegou entusiasmado com a moça, além do que lhe era normal na recepção de outras jovens.

Iniciada a reunião, Henrique dá as boas-vindas a todos, faz uma prece e inicia a explanação do tema escolhido para aquele domingo. Com clareza e inspiração, falou dos laços de parentesco espiritual e material, das simpatias e antipatias que se estabelecem entre as pessoas, especialmente nos grupos familiares, esclarecendo que essas ocorrências podem ser explicadas com a lei da reencarnação.

Miriam estava empolgada com a palavra amorosa e lúcida de Henrique, mas incomodava a sensação de que o rapaz lhe era familiar, de que já o conhecia de algum lugar. Teria a ver com o tema por ele abordado justamente naquela manhã? Seriam espíritos afins, ligados desde outras vidas?

Em seguida à rápida palestra, realizaram outras atividades e confraternizaram, mas Henrique, por sua vez, se percebia procurando os olhos daquela nova participante. "Que bela moça e simpática ela é!" - conjecturava silenciosamente - enquanto a observava, discretamente, com a amiga, faceira e sorridente.

Miriam retornou a várias reuniões da mocidade, integrou-se nas atividades, e a proximidade com Henrique despertou em ambos uma paixão que não mais podia ser negada, percebida claramente e com alegria pelos demais companheiros, que incentivavam o namoro.

Foi Henrique quem tomou a iniciativa, e Miriam correspondeu, dizendo igualmente estar apaixonada por ele, mas que havia uma dificuldade...

– Eu... – disse Miriam, meio sem jeito – tenho um problema de saúde. Os médicos afirmaram que possivelmente não poderei ter filhos. Digo logo, porque não quero iniciar um namoro escondendo algo que deve ser importante para você e pode ser um obstáculo a um futuro casamento.

Henrique foi pego de surpresa pela franqueza de Miriam. Nem havia pensado em casamento ou ter filhos, mas ela não deixava de ter razão. Um namoro sério, como pretendia, podia de fato levar ao casamento, à constituição de uma família. Emudeceu por alguns segundos, procurando refletir rapidamente sobre a questão. E então falou:

– Querida... Sinto por você um amor que nunca outra mulher despertou em mim. Sua presença me enche de alegria e estímulos para seguir adiante mais feliz. Você preencheu uma lacuna que havia na minha alma. Quero viver para sempre com você e, quanto aos filhos, se realmente não puder engravidar, a adoção é uma alternativa, se assim estiver na nossa programação espiritual. Com o espiritismo estamos aprendendo a amar além dos laços consanguíneos, a ampliar o amor fraternal. Espíritos afins, ou com os quais temos compromissos, podem muito bem vir de forma indireta, quando não puderem ser amparados pela família biológica. Então, trata-se de um problema que podemos contornar com o nosso amor...

Miriam sorriu feliz, e os dois se abraçaram, selando o compromisso espiritual com um terno e amoroso beijo.

Daí em diante, era possível encontrar Henrique e Miriam sempre juntos nas diversas atividades espíritas ou mesmo nos naturais passeios e festas da juventude. Henrique concluíra o curso de Direito e se preparava para a advocacia, e Miriam era agora uma jovem professora de um grupo escolar do município.

Pelas suas brilhantes e profundas palestras, Henrique passou a ser convidado para fazer conferências em várias casas espíritas do Rio de Janeiro e Niterói, o que fazia sempre com muita alegria e gratidão pelas oportunidades a ele oferecidas. Miriam costumava acompanhar Henrique, agora seu noivo, sentindo-se meio orgulhosa do trabalho de divulgação que ele fazia.

Às vezes, Henrique também era convidado para cidades mais distantes e até para falar na capital paulista, quando então ficava fora o fim de semana. Certo dia, antecedendo a uma dessas viagens de divulgação do espiritismo, Miriam estava angustiada e desabafou:

– Meu querido... Não sei o que acontece. Quando você viaja para longe, a trabalho profissional ou pela doutrina, meu coração se enche de tristeza, como se fosse lhe acontecer algo de ruim e nunca mais voltasse para mim. Tenho um pesadelo que se repete e me angustia. Vejo você com roupas medievais, com uma cruz branca no peito, usando espada, e indo embora num cavalo por longa estrada. E eu fico desesperada, chorando, e me sinto desfalecer... Até que acordo. Não sei como explicar...

Henrique a abraçou ternamente e disse:

– Acalme-se, meu amor... Nada vai acontecer. Como estamos sempre juntos, isso deve ser apenas o reflexo da sua preocupação. Você não vai me perder! Afinal, somos todos imortais, não é?...

– É sério, Henrique... Não brinque com isso! – resmungou Miriam, meio chorosa.

– Olha... Voltarei logo. E você vai acreditar que suas angústias são infundadas.

Miriam deixou-se confortar nos braços do amado, mas no fundo achava que suas sensações tinham uma razão de ser, embora não conseguisse imaginar.

Henrique foi e voltou. Miriam se acalmou, mas esse sonho ruim de vez em quando se repetia.

O ano de 1948 chegou cheio de boas expectativas. Leopoldo Machado organizou o 1º Congresso de Mocidades Espíritas do Brasil, que foi realizado de 18 a 25 de julho desse ano, com a participação de jovens de vários Estados brasileiros. Henrique, pelo seu engajamento e qualidades de oratória, foi um dos convidados a colaborar nas atividades desse memorável evento, apoiado pelo doutor Lins de Vasconcelos e pela Federação Espírita Brasileira.

Envolvidos pela alegria contagiante dos momentos vividos no Congresso, Henrique e Miriam resolveram por se casar em breve, uma vez que estavam juntos havia alguns anos e com a situação profissional estabilizada. E Henrique falou:

– Miriam... Tenho pensado na possibilidade de uma visita a Chico Xavier, na cidade de Pedro Leopoldo, Minas Gerais. Gostaria de conhecê-lo e saber mais sobre o seu trabalho como médium espírita. Ficaria feliz se isso pudesse ocorrer antes do nosso casamento. Você me acompanharia? Ele tem publicado importantes livros, que nos trazem não só revelações, mas também nobres ensinamentos; ademais, dizem que é uma pessoa boníssima e muito simples. Podemos convidar alguns amigos da Mocidade para a viagem. Nossa caravana resultaria em ótimo aprendizado. O que você acha?

– Maravilhoso! Será um bom estímulo para nós e até um bom passeio. Podemos aproveitar as próximas férias de janeiro. Com esse tempo, poderemos nos organizar melhor e juntar um pouco de dinheiro.

E assim foi feito, mas apenas um casal se animou a acompanhá-los. Tudo organizado, no começo de janeiro de 1949 saíram de automóvel para a pequena cidade mineira de Pedro Leopoldo. Foi uma longa e cansativa viagem. Acomodados num dos hotéis, no dia seguinte, uma segunda-feira, passearam pela cidade e foram até a Fazenda Modelo, onde Chico era escriturário do Ministério da Agricultura, em cuja função iria se aposentar em 1959 por causa de uma doença nos olhos. No entanto, não puderam ter contato com ele, em razão de suas atividades.

Foram então conhecer o Centro Espírita Luiz Gonzaga, localizado num prédio muito simples, onde Chico logo mais à noite estaria em reunião com os companheiros. Após uma leve refeição, saíram com antecedência para o centro, ansiosos pelo contato com o médium, e lá ficaram aguardando o horário. Outras pessoas foram chegando, da mesma cidade e de cidades vizinhas. A diminuta sala de reuniões ficou apinhada de gente, sentada, em pé, nos cantos, nas janelas. Logo chegou Chico Xavier, apresentando-se jovial e sorridente, cumprimentando a todos.

A reunião foi iniciada com a leitura de uma página evangélica e uma oração. Chico permaneceu sentado e de olhos fechados. Logo entrava em transe mediúnico. Pegou um lápis. Sua mão passou a correr rapidamente sobre as folhas de papel que estavam sobre a mesma, as quais eram depois recolhidas por uma companheira. Era espantoso de se ver! Henrique e os demais observavam respeitosamente. Uma hora depois, Chico Xavier passou a ler as mensagens: eram poesias, respostas a vários questionamentos, mensagens instrutivas ou de familiares.

E grande foi a surpresa, quando o médium leu:

> *Queridos irmãos Henrique e Miriam. Que a paz do senhor Jesus esteja sempre em vossos corações!*
>
> *Alguns séculos se dobraram depois que ambos estiveram reencarnados na França, ao tempo da mal-sucedida Cruzada do Rei Luís IX para*

a retomada de Jerusalém. Engajando-se voluntariamente no exército do rei, o nosso Henrique experimentou a morte em combate, depois de ter tirado a vida de vários muçulmanos. Miriam, por sua vez, entregou-se ao desalento e sucumbiu de tristeza, desprezando a família que tinha e a que deveria ter, como estava previsto, impedindo a reencarnação de espíritos que esperavam por essa oportunidade, para a própria iluminação. Daí a sua atual dificuldade de gerar filhos, um débito ainda pendente, mas que deve ser aceito como grande oportunidade de aperfeiçoamento da fraternidade universal.

Vestindo o escafandro de carne outras vezes, mas separados, por causa dos cometimentos que lhes pesavam na alma, suportaram as dores da solidão e da reparação, fazendo agora jus à bênção do reencontro, sob os auspícios dos vossos mentores amigos, tudo por acréscimo da misericórdia divina.

Cristãos desde aqueles tempos, porém não

conseguindo seguir os passos do meigo Nazareno, na reencarnação presente foram convidados e aceitaram empreender uma nova cruzada, não mais de espada em punho, mas com a palavra nobre e esclarecedora, sob o estandarte luminoso do Consolador, que é o próprio Jesus entre nós. Foram dotados dos instrumentos necessários para o desiderato, e esta é a bendita oportunidade de ampliarem, unidos pelo profundo e recíproco amor, os laços de fraternidade no socorro aos irmãos da retaguarda.

Amigos bondosos e queridos, que velam da espiritualidade e nos pediram que lhes transmitisse estas informações, para que tenham consciência do compromisso assumido, pedem para que não esmoreçam nesta nova cruzada, enfrentando com coragem as lutas vindouras e se resguardando na oração e no trabalho constante no bem.

Recebam o abraço fraterno do irmão em Cristo,

Emmanuel

Olhos marejados, com os corações gratos e transbordando de alegria, apresentaram-se ao Chico, informando que eram do Rio de Janeiro e descrevendo, em poucas palavras, as atividades que desenvolviam. Estavam exultantes e muito comovidos com a mensagem.

O médium abraçou o jovem casal, bondosamente. Agradeceu a visita e disse:

– Vão, meus filhos... O Cristo vos aguarda para essa cruzada de luz e amor!

O complexo é tão grande que os edifícios visíveis constituem tão somente a administração central e alguns pavilhões destinados ao ensino e preparação em geral. Por todo lado se vê arvoredos e jardins.

Visitando Nosso Lar

Isabel Scoqui

Eram 23 horas, a viúva e seus filhos recolheram-se em modesto aposento. Isabel estava exausta, precisava descansar dos labores do dia. Colocou os pequenos para dormir e logo se deixou envolver pelos braços do sono. Poucos instantes se passaram e já dormia. Liberada dos afazeres materiais, logo o seu corpo espiritual desembaraçou-se dos laços físicos. Ali, ao lado da cama, Isidoro a aguardava. Isabel estava lúcida e contemplou com afeto o esposo já desencarnado. Sem demora, deram braços um ao outro, recomendando aos amigos espirituais, ali presentes, a guarda das crianças. Isabel e Isidoro iam fazer uma excursão instrutiva.

Irradiando felicidade, o casal volitou rapidamente. Logo, ambos alcançavam a cidade Nosso Lar. Visualizaram a alta torre da Governadoria, que ficava no centro de uma estrela de seis pontas. Cada ponta representando um dos Ministérios da colônia espiritual.

Rumaram ao Ministério da Comunicação, onde fica o Centro dos Mensageiros. Vamos conhecer um pouco desse local. Imensos edifícios lhe compõem a sede. O complexo é tão grande que os edifícios visíveis constituem tão somente a administração central e alguns pavilhões destinados ao ensino e preparação em geral. Por todo lado se vê arvoredos e jardins.

O Centro dos Mensageiros prepara entidades a fim de que se transformem em cartas vivas de socorro aos que habitam regiões de sofrimento junto à crosta. Preparam-se ali numerosos medianeiros para a difusão de esperanças e consolos, instruções e avisos, nos diversos setores da evolução planetária. Não só preparam trabalhadores invisíveis, mas promovem cursos e organizam turmas compactas de aprendizes para a reencarnação. Médiuns e doutrinadores saem dali às centenas, anualmente. Tarefeiros do conforto espiritual encaminham-se para os círculos carnais, em quantidade considerável, habilitados pelo Centro. Longas fileiras de médiuns e doutrinadores para o mundo carnal partem dali, com as necessárias instruções.

Infelizmente, quando encarnados, envoltos pelos véus do esquecimento, a maioria desses irmãos, seduzidos pelos bens materiais e pelo conforto, olvida o aprendizado, deixa de experimentar o trabalho a que foram habilitados, falindo nos propósitos de sua encarnação.

Acompanhemos o nosso casal. Isabel e Isidoro rumaram ao grande auditório. Naquela noite, concluíam o curso de aplicação terapêutica do sopro. Um grande número de pessoas aguardava a palestra, vindo prestigiar a formatura daquela turma reduzida de 13 pessoas. Como na crosta, grande é o número de inscritos, mas, por motivos diversos, poucos finalizam os estudos.

Machado, o instrutor, adentrou o recinto. A figura madura e nobre irradiava otimismo e simpatia. Após uma prece sentida, em que rogava a Jesus as bênçãos às novas atividades daqueles tarefeiros, logo se pronunciou:

> *O sopro curador, mesmo na Terra, é sublime privilégio do homem. Como o passe, que pode ser movimentado por grande número de pessoas, o sopro curativo pode ser utilizado pela maioria das criaturas, com vantagens prodigiosas. Entretanto, toda realização nobre exige boa vontade humana. Os técnicos do sopro não se formam de pronto.*
>
> *Neste curso, que ora chega ao término, a técnica foi exercitada longamente, a fim de dar*

experiência aos seus participantes. Registre-se o esforço de todos, a fim de conservar a pureza da boca e a santidade das intenções. Aqueles que queiram se habilitar, nos círculos carnais, para tão nobre tarefa, necessitam manter o estômago sadio, a boca habituada a falar o bem, abstendo-se do mal, e a mente reta, interessada em auxiliar.

Obedecendo a esses requisitos, teremos o sopro calmante e revigorador, estimulante e curativo. Através dele, poder-se-á transmitir, também na crosta, a saúde, o conforto e a vida. Também no plano carnal, toda boca, santamente intencionada, pode prestar apreciáveis auxílios, transmitindo fluidos vitais de saúde e reconforto. Quando houver suficiente compreensão dos benefícios dessa terapia, serão implantados no mundo os mais eficientes processos soproterápicos.

Assim, Machado encerrou o discurso. O tempo urgia, uma vez que, ainda naquela noite, teriam de colocar em prática o que haviam aprendido.

Os 14 integrantes do grupo usaram o processo de volitação, até encontrarem uma região de fluidos densos, que os impediam de seguir em frente. Desse ponto, então, prosseguiram a pé.

O instrutor explicou que haviam penetrado um espaço saturado pelas vibrações viciosas da mente humana. Após algum tempo de marcha, enxergaram ao longe um castelo iluminado. A edificação era rodeada por vigorosas muralhas, visando dar segurança àquele ambiente ameaçador. A explicação do instrutor foi imediata:

– É um dos postos de socorro do Campo de Paz.

Um servidor os recebeu com cordialidade e logo tratou de encaminhá-los ao pavilhão onde os leitos, com milhares de irmãos ainda adormecidos, perdiam-se de vista. Desses, cerca de 400 se encontravam em condições de despertar, a fim de serem submetidos a tratamento intensivo. Ainda assim, a situação era grave, não gozavam de sono natural. Dormiam atormentados, magnetizados pelas próprias concepções negativistas, alimentados por criminosa indiferença aos desígnios do Pai Eterno.

O instrutor fez uma sentida oração em que apelava ao Senhor pelo despertamento daqueles infelizes, mergulhados no sono doloroso e infeliz. Uma chuva de flocos esbranquiçados caiu sobre os trabalhadores.

Então, ocorreu um fenômeno curioso. Cada um, segundo a sua elevação, passou a emitir bolhas luminosas que eram dirigidas aos enfermos. Em contato com as bolhas, alguns infelizes passaram a dar sinal de vida, deixando escapar gemidos e frases desconexas. Mexeram mãos e pés. Aqueles, prestes a despertar, foram socorridos com a terapia do sopro, o que lhes deu novo alento. Alguns acordaram confusos e correram para fugir do terrível pesadelo. Não foram detidos, pois não iriam muito longe. Posteriormente encontrariam socorro em outras dependências do Posto.

Isabel e Isidoro despediram-se. Era hora de retornar.

Já no Rio de Janeiro, avistaram do alto a residência que, apesar do aspecto humilde, estava lindamente iluminada por clarões espirituais. Era um verdadeiro ponto de luz em meio à escuridão. Não se tratava de um mero lar terreno, era uma oficina, representante de Nosso Lar na crosta terrena. Ao rodearem o jardim, que ladeava a construção, numerosos companheiros espirituais assomaram à janela, saudando-os alegremente. Isabel despediu-se de Isidoro, recolhendo-se ao leito. Logo iria despertar para mais um intenso dia de trabalho.

Nos círculos terrenos

Horas mais tarde, Isabel tricotava uma blusa e meditava. Isidoro desencarnara havia três anos. A vida, para o casal, nunca fora fácil. Ambos lutaram corajosamente, enfrentando árduas provas. Mas sabia que, mesmo viúva, não estava desamparada pelos amigos espirituais. Era dona de extraordinária vidência, acompanhando a movimentação desses amigos pela casa.

Depois que Isidoro morreu, as dificuldades financeiras triplicaram. Mas tinha fé e não ia desistir. Certo é que o dono de uma fábrica de móveis queria alugar o cômodo destinado aos trabalhos espirituais. A renda extra, com o aluguel, viria a calhar. Mas rejeitara a oferta. Não iria sacrificar o trabalho espiritual, que era desenvolvido ali. Ainda que estivessem fazendo apenas uma refeição por dia, todos gozavam de boa saúde. Joaninha, a filha mais velha, já estava começando a costurar e logo ajudaria nas despesas da casa.

Nas primeiras horas da noite, Isabel abandonou o tricô e convidou os filhinhos para o culto do evangelho no lar. As três meninas e a irmã mais velha acomodaram-se alegremente, apresentando luminosidade em suas auras. O mesmo não ocorria com o adolescente, que se mostrava contrafeito, fechado num círculo de sombras. Todos os trabalhadores invisíveis aproximaram-se respeitosos.

Após a prece inicial, a dona da casa abriu o Novo Testamento, no capítulo 13, versículo 31 do Evangelho de Mateus, lendo em voz alta:

– O reino dos céus é semelhante ao grão de mostarda, que o homem tomou e semeou no campo.

Uma entidade de nobre condição acercou-se da viúva. Ele daria a interpretação espiritual do texto lido, e cada um dos presentes interpretaria de acordo com a própria capacidade. Inspirada por ele, Isabel começou a falar:

– Meus filhinhos! Jesus nos fala das coisas pequenas. O solo, que vai receber as sementes, é o nosso coração. Esse campo está cheio de ervas daninhas e espinhos. Então não podemos esperar colheitas milagrosas. É preciso arar a terra e cuidar do plantio. As sementes de mostarda significam nossos gestos, palavras e pensamentos. Devemos começar pelas coisas pequenas, antes de edificarmos as grandes coisas. O reino dos céus está dentro de nós.

"A floresta também começou com sementes minúsculas. E nós, espiritualmente falando, vivemos numa grande floresta de males semeados por nós mesmos. Toda vez que formos semear o nosso campo íntimo, precisamos selecionar os bons grãos. Com o tempo, nossa semeadura crescerá, atingindo elevadas proporções. É preciso, portanto, aprender a valorizar as coisas pequenas, lembrando da bondade de Jesus a cada instante."

Após uma frugal refeição de chá com torradas, era hora de a família se preparar para os trabalhos da noite.

Isabel e Joaninha dirigiram-se ao salão destinado aos trabalhos espirituais. Usaram a vassoura e o espanador, trocaram a toalha da mesa e prepararam os recipientes para a água, que seria fluidificada. Enquanto isso, no outro plano da vida, os amigos espirituais preparavam o ambiente para a reunião. Promoviam medidas de segurança. Vigilantes espalharam-se em derredor da moradia singela. Utilizavam longas faixas fluídicas, para contenção, uma vez que ali receberiam dezenas de sofredores e era necessário limitar-lhes a influenciação naquele templo familiar.

Na maioria, eram irmãos abatidos e amargurados, prisioneiros da ideia de enfermidade, pois aquele santuário não estava preparado para receber entidades deliberadamente perversas. Preparavam a atmosfera, saturando o ambiente de valores positivos.

Ali, compareciam cerca de duas centenas de desencarnados enfermos. Havia também 35 pessoas, que para ali tinham vindo a fim de assistir aos trabalhos. Quatro médicos espirituais eram assessorados por uma equipe de 40 pessoas, que iam e vinham, recolhendo informações, pois muitas pessoas pediam conselhos médicos, orientação e assistência.

A preleção evangélica beneficiava imediatamente muitos desencarnados. O benefício era menor entre os encarnados, pois estes se achavam irrequietos e desconcentrados. Finda a interpretação do Evangelho, Isabel sentou-se à mesa, mediunizada, a fim de atender ao trabalho de receituário e conselhos médicos. Passes foram ministrados, e a reunião foi encerrada. Mas os trabalhos não finalizavam aí, uma vez que, no plano espiritual, as atividades são permanentes.[1]

---

1. Conto inspirado no livro *Os mensageiros*, obra de André Luiz, psicografada por Chico Xavier, edição FEB.

Como sempre, foi amigavelmente recebida por dona Aparecida, que apanhou um pedacinho de ramo de arruda, ajeitou um pouco de água em uma vasilha rústica ao lado da criança, pediu a ajuda de Jesus...

Espírito!? Deus me acuda!...

Ricardo Orestes Forni

Vicência era uma jovem espanhola da região de Andaluzia que viajava de navio com a família em direção a novas esperanças em terras brasileiras no final do século XIX. Enquanto a fumaça exalada pela chaminé do navio se elevava em direção ao céu, representando o esforço que a máquina fazia para romper a enorme barreira de águas do oceano em direção a um novo continente, os sonhos da moça viajavam em direção ao novo país onde pretendia casar-se, constituir uma família e ter filhos.

Foi assim que, embalada nesses novos projetos, um dia conheceu Henrique, recém-chegado por sua vez da cidade de Bolonha, na Itália. A jovem da Península Ibérica e o moço bolonhês anunciavam o envolvimento de duas terras da Europa. O namoro daquela época era um compromisso sério. Pouco tempo, nenhuma liberdade entre o casal e planos para núpcias à vista em prazo mínimo possível. A velocidade entre conhecer-se e assumir responsabilidades era mais rápida do que a passagem dos dias. E olha que naquela época o relógio não tinha pressa de engolir as horas como acontece nos dias atuais!

Henrique tinha o sangue italiano e gostava de cantar, tomar o seu bom vinho e sonhar. Sonhou então em casar-se com Vicência, a bela espanhola. Afinal, seria uma boa mistura entre a sua Itália e a Espanha um pouco distante. Porém, não teve muito tempo para ficar sonhando, e logo se casaram. Os filhos começaram a surgir. Parecia uma escadinha, como se costuma dizer. Às vezes até dois no mesmo ano vinham à luz. Com essa rapidez, logo tinha muita gente naquele lar. Quinze mais precisamente! Nove homens e seis mulheres. Isso mesmo! Quinze *bambini* ou, se preferirem, quinze *niños* para que Itália e Espanha fossem reverenciadas e vivessem em paz.

Vicência tinha uma sogra de um coração de ouro: dona Anunciata. Mulher extremamente bondosa e de alma sensível ao sofrimento alheio. Só para se ter ideia, naquela época os leprosos eram marginalizados pela sociedade. Acreditava-se que, se o vento tocasse em um deles e esbarrasse na pele de uma pessoa sã, ela contrairia o mal de Hansen. O enfermo era separado da família para sempre e ficava a esmolar pelas ruas das cidades e dos vilarejos, já que não existiam os sanatórios para recebê-los, enquanto o corpo era corroído pela moléstia, que impunha deformidades progressivas.

Para anunciarem a sua presença às pessoas

sãs, usavam um sininho preso a algum lugar do corpo, o qual emitia o ruído característico desse objeto. Esmolavam com uma lata presa num pedaço de madeira bem comprido para que as pessoas não precisassem chegar muito perto delas para depositarem o donativo, evitando assim risco de contaminação pelo bacilo transmissor da doença.

Vicência cansou de ver dona Anunciata, a sogra, levar até os doentes os pães que fazia em sua casa. Nessas ocasiões, de olhos muito abertos, indagava da sogra:

– Dona Anunciata... A senhora não tem medo deles?!

– Vicência, minha filha! Estes doentes são filhos de Deus, como nós! Eles têm fome, sede, necessidade de vestimenta e algum calçado de que possamos dispor em favor deles.

E Vicência retrucava, sem compreender todo aquele sofrimento:

– Mas, dona Anunciata! Se eles são filhos de

Deus, por que o Criador deixou que pegassem essa doença?!

– Quanto a isso, não sei explicar, minha filha. Mas confio muito na Bondade e Justiça Divina. Mesmo sem compreender, eu confio em nosso Pai. Não vou fazer da minha ignorância um motivo para duvidar da sabedoria de Deus...

Parava um pouco de falar, meditava e depois retornava ao assunto:

– Um dia, quando me for para o lado de lá, entenderei tudo. Hoje, por enquanto, não sei de nada. Minha única certeza é de que Deus não erra!

– Ir para o *lado de lá*, dona Anunciata?! – perguntou Vicência assustada.

– Sim. Ir para o outro lado da vida. Morrer! Você sabe de alguém que tenha ficado para semente?

– Não sei não, senhora. Mas não gosto desse assunto.

Dona Anunciata sorriu e completou:

– Não se preocupe com isso, Vicência. Você é nova. Tem todos esses filhos para criar. Deus não a levará tão cedo. Não afastará a mãe de seus filhos. E quando eu me for, voltarei para continuar a ajudar a todos.

– Voltar?! Como, dona Anunciata, se ninguém nunca voltou?!

– Também não sei te explicar, mas como a vida continua, eu pretendo continuar trabalhando em favor dos que precisam... Como faço agora, minha filha.

– Dona Anunciata! Vou dizer uma coisa... Mas sem intenção de ofender a senhora... Posso?

– Claro! Abra o seu coração. Diga o que quiser...

– Comigo a senhora não precisa se preocupar não... Está bem?

Dona Anunciata não conseguiu segurar uma boa risada, iluminando sua face meiga e doce.

– Tem medo das almas do outro mundo, Vicência?

– Se tenho? Oh, dona Anunciata! Minha vizinha da casa de frente, a dona Aparecida... Sabe de quem estou falando?

– Sim. Coração bondoso o dela!

– Pois então. Ela tem mania de dizer que fala com aqueles que foram para o outro lado! A senhora acredita nisso?!

– Responda-me uma coisa, Vicência: a Aparecida é uma pessoa boa, caridosa, não fala mal dos outros... Concorda?

– Sim. Sim. Muito boa. Quando um dos *niños* adoece, levo para ela benzer e, muitas vezes, dá certo! A maioria das vezes! Quase sempre.

– Pois então, Vicência! Se ela é uma pessoa boa falando com a alma daqueles que já se foram, que mal há nisso, minha filha? Muito melhor do que não falar com aqueles que partiram e fazer o mal para os outros ou não fazer o bem que pode ser feito para socorrer o necessitado. Tem muita gente que só fala com as pessoas daqui e tem tanta maldade no coração! Continue a levar as crianças para ela benzer, quando for necessário. Quem se dispõe a fazer o bem está do lado de Deus, Vicência.

– Mas é que eu fico assustada! Pensei que ela benzesse com o galho de arruda... Mas ela diz que não. Que é esse tal de *espírito* que faz a cura e não ela ou o galho de arruda.

Anunciata tornou a sorrir da ingenuidade da nora.

– E o que tem isso, Vicência? Se o resultado é o bem praticado para a criança, que mal tem que seja um espírito, uma alma, ou um galho de arruda, ou, até mesmo, a própria benzedeira, minha filha?

– Desculpe dizer, dona Anunciata, mas esse negócio de *espírito*... Deus me acuda! – falou, fazendo o sinal da cruz.

Nora e sogra encerraram a boa prosa e cada uma seguiu em direção aos seus afazeres, que não eram poucos naquela época de escassos recursos. E quinze filhos!

Alfredinho adoece

Na manhã seguinte, Alfredinho, o filho caçula de Vicência, amanheceu com febre. Naqueles tempos, onde faltava médico mesmo para quem dispunha de recursos financeiros, o auxílio vinha das pessoas de boa vontade, como dona Aparecida, a mulher que benzia e conversava com esses tais de *espíritos* ou almas do outro mundo.

Vicência fez o sinal da cruz e pensou:

– Que posso fazer nesta hora, meu Deus? O menino está vermelhinho de febre e gemendo. Vou ter que pedir ajuda à dona Cida, mais uma vez. Só vou olhar para o ramo de arruda. Se tem esse negócio de *espírito* lá onde ela benze, por Deus que não quero ver nenhum! *Espírito*? Deus me acuda!

E para a casa da vizinha, que morava bem em frente, lá se foi Vicência com um arrepio a percorrer-lhe o corpo todo. Entretanto, como era pelo bem do filho caçula, ela fazia o sacrifício.

Como sempre, foi amigavelmente recebida por dona Aparecida, que apanhou um pedacinho de ramo de arruda, ajeitou um pouco de água em uma vasilha rústica ao lado da criança, pediu a ajuda de Jesus e iniciou os movimentos característicos do benzimento em torno da criança, pronunciando palavras em voz baixa, de modo que não eram bem compreendidas por Vicência.

Os olhos da espanhola acompanhavam arregalados de medo os movimentos da benzedeira, fixando-se nos ramos de arruda.

- Se me aparece um desses *espíritos* por aqui, eu pego Alfredinho e sumo... - pensava Vicência.

Dona Aparecida acabou seu ritual, jogou umas gotas de água em uma das mãos e com elas fez o sinal da cruz na testa da criança. Ainda rezou um Pai-nosso e então...

- Graças a Deus! A criança vai melhorar. Confie em Deus e na ajuda que temos dos seus mensageiros! Pode levar o menino, Vicência... Não deixe de dar a ele um pouquinho desta água.

– O remédio não vem do galho de arruda, dona Aparecida? – perguntou, temendo pela resposta.

– Vicência, a ajuda vem de Deus e dos seus mensageiros...

– E quem são esses mensageiros? – perguntou Vicência, novamente temerosa pela resposta que viria.

A mulher sorriu, já percebendo onde a espanhola estava querendo chegar.

– Vicência, minha amiga. Esses mensageiros são os espíritos que nos desejam fazer o bem, auxiliando nossa passagem por esta vida. Nada mais do que isso.

– *Espírito*?! Deus me acuda! Desculpe dizer, dona Aparecida... Não quero saber de negócio com eles, não.

– Mas, Vicência, eles nada mais são do que as almas que passaram pela Terra, como nós estamos fazendo hoje. Quando somos bons aqui neste mundo, continuamos a ser bons do outro lado da vida! E quem faz o bem enquanto está deste lado, pode continuar a fazer o bem depois que parte. É isso que o Criador espera de nós, minha amiga. Amar ao próximo como nos amamos a nós mesmos... Não é assim?

– Desculpe mais uma vez, dona Aparecida. Agradeço pelo seu socorro, mas *eles* para lá e eu para cá! Não vamos misturar as coisas.

Aparecida sorriu do medo da vizinha, mas compreendeu os temores dela. Contemplou Alfredinho mais calmo nos braços da mãe, passou a mão pelo rosto da criança que adormecera e comentou:

– Está vendo, Vicência. O menino já está recebendo o socorro. Adormeceu e está menos quente agora. Continue lhe dando um pouco dessa água. E ele ficará bom, logo. Confie, minha amiga. Vá com Deus para a sua casa, porque os outros 14 esperam pela mãe.

– Mas *eles* ficarão aqui com você, não é mesmo, dona Aparecida?

– Os amigos espirituais ficarão com Deus. Siga em paz o seu caminho – completou a boa senhora.

Embora o relógio daquela época não tivesse a pressa dos relógios de hoje, o tempo foi passando. Vicência não parou de ver a sogra praticando o bem a quem podia, enquanto viveu. Contudo, o dia de Anunciata chegou e ela partiu em paz para o outro lado, como vivia dizendo. Vicência sentiu como se tivesse perdido sua segunda mãe. Entretanto, a correria com os 15 filhos reconduziu a vida para a realidade presente.

Henrique tinha um armazém onde vendia de tudo um pouco, mas não se preocupava em auxiliar a mulher com as crianças. Gostava da música italiana que trouxera na memória e no coração. E também de um bom *vinho*. Os filhos foram ficando moços e, por sua vez, cada um deles, tanto as mulheres como os homens, se casaram.

Nova etapa

Alfredinho foi o último a assumir o compromisso do matrimônio. Caçula da família, ele era também o mais apegado à mãe. Tão forte era esse vínculo, que Vicência, já viúva, foi morar com ele. Terezinha, a jovem escolhida para ser sua esposa, era dona de um coração muito dócil e acolheu a sogra com o carinho de uma filha. Tinha muita paciência com ela, que já estava com certa idade e com as manias que caracterizam a velhice.

Por ciúmes da nora, dona Vicência introduzia pedaços de panos na velha máquina de moer café para que Terezinha não a usasse. A moça comentava com o marido e ambos riam das travessuras da velha senhora espanhola. Entendiam que a luta que despendera na criação dos 15 filhos deveria ter abalado seu lado emocional.

A vizinha Aparecida continuava firme no socorro a todos aqueles que a procuravam. Alfredinho continuava a morar na mesma casa de sua infância para proporcionar à mãe as boas lembranças do lugar. Aceitava o ditado: "Velho é igual gato; não gosta de mudar de lugar". Por isso, manteve a casa depois do seu casamento.

Um determinado dia, no café da manhã, Terezinha comentou com Alfredo, antes que ele saísse para o seu trabalho, na alfaiataria.

– Tive um sonho muito estranho essa noite... Não consigo lembrar completamente, mas era muito real, Alfredo!

– Sonhou com o quê, Terezinha?

– Uma mulher... Não sei quem é... Nem sei se a conheço.

– E o que tem de estranho nisso? Se não conhece, está aí mais uma prova de que se trata de um simples e mero sonho!

– Pois é. Mas ainda não contei tudo.

– Então conte que tenho que ir trabalhar. Alguns fregueses ficaram de ir a alfaiataria hoje tirar as medidas para alguns ternos.

– Essa mulher desconhecida me disse que hoje vinha buscar a sua mãe!

– Como é?! Como assim, buscar a minha mãe?!

– É isso que está me preocupando! Será que dona Vicência vai morrer hoje?!

– Mas, Terezinha! Que ideia mais boba! Minha mãe está velha, mas não está doente! Como assim... Morrer hoje?!

– Também não entendi o que essa mulher queria dizer... Eu não recordo bem as palavras, mas era algo assim: "Terezinha, hoje eu virei buscar Vicência"...

– Olha aqui, Terezinha. Sabe o que eu acho? Tudo não passou de um sonho. Minha mãe está bem e nada vai acontecer.

Beijou a esposa e saiu para o serviço. Alfredo tinha uma clientela grande, porque naquela época, ternos, calças e camisas eram feitas à mão sob medida. Não havia roupas feitas. A confecção era uma atividade estritamente manual.

Como dona Vicência não se levantara no horário de costume, Tereza foi até o quarto para verificar se estava tudo bem. Abriu discretamente a janela para enxergar melhor.

– Bom dia, dona Vicência! Não vai se levantar para tomar o seu café?

– Vou ficar um pouco mais na cama, minha filha. Estou um pouco cansada – respondeu a sogra.

Terezinha, que não tirava da cabeça as palavras que ouvira da mulher que lhe aparecera em sonho, achou melhor chamar dona Aparecida para dar uma olhada na sogra.

"Afinal, elas são amigas desde a mocidade. Talvez com a visita de dona Cida, minha sogra pode se animar um pouquinho" – pensou Terezinha, enquanto buscava pela ajuda da vizinha.

Já com mais idade, Aparecida veio ver dona Vicência. Assim que surgiu à porta, a mãe de Alfredinho olhou bem para ela e falou estendendo os braços:

– Dona Anunciata! A senhora por aqui?!

Terezinha, meio sem graça, esclareceu:

– Não leve a mal, dona Aparecida. Ela está um pouco confusa. Está trocando seu nome...

– Não se incomode. Eu conheci Anunciata. Dona de um coração enorme!

– Dá para a senhora benzer dona Vicência? – perguntou Terezinha. – Acho que ela está com *quebranto*!

– Lógico, minha filha! Arrume um copo com água, enquanto vou buscar um ramo de arruda lá na minha casa.

– O que a senhora está fazendo aqui, Anunciata? – tornou a perguntar Vicência, olhando e estendendo-lhe os braços.

– Vim fazer uma visitinha para minha nora predileta, Vicência! – falou a benzedeira, compreendendo o que se passava.

A benzedeira foi colher um ramo de arruda, sem ignorar que Anunciata estava presente.

Quando voltou, abriu bem a janela e, aproximando-se da cama, comentou com a nora de dona Vicência:

- Não precisa mais, Terezinha. Ela se foi.

- Mas como?! Ela não estava doente! Apenas um pouco cansada!

- Vamos orar por Vicência. A vida é assim mesmo. Quando Deus chama, temos que partir.

Passados alguns dias, o casal arrumava as poucas coisas deixadas por Vicência. De repente, Alfredo escuta os gritos da esposa:

- Alfredo! Corre aqui!

O marido dirigiu-se aos tropeções para o quarto. A esposa tem nas mãos uma fotografia antiga.

- É ela! Não tenho dúvida... É ela, Alfredo! - dizia, apontando espantada para a foto de Anunciata, a vó paterna de Alfredo.

- Esta é minha vó Anunciata... Que está fazendo com essa fotografia nas mãos?!

- A mulher que me apareceu em sonho dizendo que viria buscar sua mãe naquela manhã! É ela! Não tenho dúvidas!

Alfredo tomou a fotografia. Contemplou com ternura a imagem de Anunciata.

– Tem certeza, Terezinha?

– Absoluta! Era ela... Com esse mesmo sorriso nos lábios.

– Será que não está se confundindo? Você não conheceu minha vó, a não ser por fotografia.

– Mas não poderia reconhecê-la. Agora, ao ver a foto, lembrei-me do sonho. Isso explica também por que chamou a vizinha de Anunciata... Na verdade, era ela quem estava vendo. Anunciata era a mulher que eu vi nos sonhos. Foi um aviso, não foi, Alfredo?

O marido ficou um instante em silêncio procurando por uma resposta à pergunta da esposa, mas como nada lhe ocorreu, apenas balbuciou indiferente dando de ombros:

– Então por que não apareceu para mim também, querida?!...

– Não sei... Talvez tenha aparecido... E você não se recordou do sonho.

Que dona Vicência não nos ouça ou leia, mas Deus atendeu o que ela sempre pedia quando falavam de espíritos com ela: "Espírito?! Deus me acuda!"

Na hora de sua partida, Deus a acudiu, permitindo que Anunciata viesse buscá-la!...

Porém, que nunca saiba disso, nem do lado de lá onde está agora, porque se soubesse que um espírito veio buscá-la, seria capaz de morrer de novo!

Havia muitos quadros na parede, mas ela gostava particularmente de um que seu avô havia pintado há muito. Uma reprodução do retrato de Allan Kardec.

O estranho sonho de Shane

Zélia Carneiro Baruffi

Uma réstia de luz do sol bateu no rostinho de Shane, despertando-a. Ela abriu os olhinhos muito claros, e o sorriso sempre presente em sua face iluminou-se. Apertou com força sua bonequinha Atchim entre os braços, desceu rapidamente a escadaria, ganhando a sala, a copa e, finalmente, a cozinha. Rápida, abriu a geladeira, apanhando o leite. Como verdadeira dona de casa, colocou-o na leiteira sobre a mesa. Arrumou algumas frutas num prato e também biscoitos. Não esqueceu os copos, a geleia e os talheres. Tudo perfeito. Em seguida voltou para seu aposento. Seus pais continuavam em repouso. Era muito cedo. Depois de trocar a camisola por uma blusa amarela de malha e uma calça comprida, foi lavar-se, sempre carregando Atchim nos braços.

Quando saía do banheiro, encontrou-se com os pais.

– Oi, minha querida! Já acordada? – cumprimentou Maina, sua mãe, estreitando-a nos braços. – Alguma travessura vem por aí...

Shane sorriu, sem responder, toda graciosa, apesar de Maina chamá-la de magrela.

Mais tarde, os três desciam em algazarra, como verdadeiras crianças: mãe, pai e filha.

– Que beleza! Vejo que a gatinha já andou por aqui – foi o comentário do pai ao deparar-se com a mesa posta. – Que filha linda, linda, que eu tenho...

– Só você, papai? – Maina puxou-lhe as orelhas, carinhosamente, indo em busca do desjejum.

Sentaram-se os três. Então Shane começou a

tagarelar como fazia todos os dias. Tinha sempre tanto assunto. Ao seu lado era impossível alguém ficar em silêncio. Ela era a alma daquela casa.

Pelo aposento todo penetrava o canto dos pássaros saltitando lá no jardim, mesclado com o ruído sonoro dos automóveis, no asfalto.

O pai despediu-se, saindo para o trabalho. Maina cerrou as cortinas da sala de estar. Shane empoleirou-se na grade da janela. Acerquei-me de mansinho:

– Assim não, querida! Vai machucar-se.

Escutando meu apelo em sua loura cabecinha, desceu célere. Percebendo que a mãe começava a ocupar-se com os afazeres diários, exclamou:

– Mãe! Se precisar de mim, estarei na casa de Lila. Vou brincar de escola. O Urso passou lá à noite... E o Gato felpudo também.

– Leve as bonecas, querida. Só não vá mexer nas minhas tintas. Fique longe de tudo aquilo. Posso confiar? – pediu Maina, sorrindo, pois no dia anterior estivera pintando mais uma tela e estava ainda tudo por guardar, tintas, pincéis, óleos...

– Sim, sim – respondeu a menina, correndo na direção do quintal.

A casinha de Lila era uma garagem transformada em pequena moradia, a qual Maina usava para refugiar-se com seus pensamentos, telas, livros, músicas... A antiga garagem recebera esse apelido, pelo fato de sua filha mais velha tê-la utilizado como moradia, depois de reformá-la com bastante imaginação e bom gosto. Quem ali entrasse, não podia deixar de exclamar: "Parece uma casinha de conto de fadas!"

No hall e na saleta Lila colocara cortinas brancas, contrastando com o verde da forração e os estampados dos estofados. Muitos quadros na parede e uma infinidade de arranjos florais na estante separavam a minúscula cozinha da copa, a qual nos dias de hoje Maina utilizava como atelier nos finais de semana. Um pequeno banheiro e depois o aposento azul, antigo quarto de dormir. Ali estavam guardados os livros e as lembranças de Maina.

Shane abriu de mansinho a porta, deixando a claridade radiante penetrar nos aposentos. Acompanhei-a. A menina colocou Atchim deitada no sofá, ao lado dos outros brinquedos. Abriu as janelas, colocou o disco preferido na pequena radiola ali ao lado, percorrendo com os olhinhos travessos o aposento à procura de algo. Havia muitos quadros na parede, mas ela gostava particularmente de um que seu avô havia pintado há muito. Uma reprodução do retrato de Allan Kardec.

– Que engraçadinho vovô te tornou! – murmurou, olhando fixamente para o retrato, que parecia sorrir para ela. – Só que você ficou um pouco gordo... Eu te deixaria mais bonito, mais moço... Talvez te fizesse menino.

Estava à procura de pincéis e tintas, quando sentiu minha presença.

– Oi! Estou a observá-la há algum tempo.

Vendo-a juntar uma porção de pincéis e tintas, indaguei:

- Que pretende fazer?

- Sou capaz de fazer um desenho muito lindo. Quer ver?

- Acredito. É uma menina muito esperta. Vamos lá! Pode começar.

Shane pegou uma folha de papel, colocando-a sobre a mesa. Iniciou, então, a desenhar uma margarida sonhadora, de pétalas enormes, parecendo um sol, de cara muito risonha, algumas árvores...

E depois muitas frases assim: "Sol, eu adoro você". E do Sol para Margarida escreveu: "Margarida, estou enamorado de você". E da árvore para o Sol risonho: "Sol, tu és meu amigo..."

Num segundo estava pronto o desenho que começava a colorir com vivacidade, aqui e acolá. De quando em vez olhava-me com o canto dos olhos, como a constatar a minha aprovação. Sim, porque às vezes tornava-me invisível.

– Pronto! Eis a minha criação. Que tal? Não está uma beleza?

– Certamente...

– Melhor do que o quadro do meu avô... – gracejou, apontando na direção do retrato na parede. Depois de breve silêncio em que o estivera admirando, voltou-se com ar grave:

– Conta-me a história dele.

– Um dia quando tivermos bastante tempo – respondi-lhe. – Será como uma viagem que faremos através do tempo, como num sonho.

– Quero fazer esse passeio agora. Hoje tenho bastante tempo e nadinha de lição para fazer... A tia da escola ontem foi boazinha. Fizemos todos os exercícios em sala de aula.

Seus olhinhos brilhavam ante a expectativa da minha resposta. Sorrisos graciosos apareciam em seus lábios... E a mãozinha delicada tocava de leve a minha. Aproveitei aquele momento de sublime encantamento, de real afinidade de alma para alma. Como lhe queria bem! Um bem enorme de muitas etapas já vencidas, juntos, no mundo terreno. Tomei-a nos braços e saímos no azul infinito que se descortinava ante nossos olhos.

*****

O CÉU DE UM azul, muito azul. Os campos de um verde, muito verde. O país? França...

Shane andava ao meu lado com muita curiosidade. Suas mãozinhas apertavam as minhas. Ia tagarelando, risonha.

- Estamos em Lyon. Aqui nasceu Allan Kardec. Desde pequeno foi um menino muito inteligente. Cedo demonstrou forte inclinação para as ciências...

- E para os assuntos filosóficos - completou, para meu espanto. - Vovô um dia contou em uma palestra. Nunca mais esqueci. Por isso estou muito curiosa. Quero saber fundo sobre Kardec. Sei que foi um homem de um grande coração. Acho que seus pais ficaram orgulhosos dele. Os pais sempre gostam que seus filhos sejam homens bons...

– Bem, Shane, o nome verdadeiro de Allan Kardec era Hippolyte Léon Denizard Rivail. Nasceu aqui mesmo, em 3 de outubro de 1804. Seu pai chamava-se Jean Baptiste Antoine Rivail... E sua mãe, Jeane Du Hamel. Eram ambos descendentes de dignas e nobres famílias tradicionais.

– Como nos contos de fadas? – indagou a menina, com os olhinhos brilhantes pela curiosidade.

Confirmei, recordando-me do insigne codificador do espiritismo, essa doutrina maravilhosa que só uma alma devotada à humanidade poderia nos deixar.

Alcançávamos agora pequena praça movimentada, onde a algazarra das crianças que ali brincavam era divertida. Sentamos em um banco do jardim e ali continuei a história que havia prometido a Shane.

– Muito jovem ainda, com apenas 14 anos de

idade, Allan Kardec já legava à humanidade sua contribuição. Tornou-se eficiente colaborador do seu professor, Pestalozzi, com quem aprendeu os exemplos de amor ao próximo que norteariam sua vida para sempre. Abriu cursos para seus colegas menos adiantados, nos quais ensinava o que aprendia, gratuitamente, nas horas em que eram reservadas para o descanso.

– Então Allan Kardec foi professor? Sabe, sempre achei que ele deveria ser professor. Todos os professores têm um ar assim como o dele: tão sério...

Sorri ante a observação.

– Sabe, minha querida, através da sua carreira de professor ele exercitou a paciência, a abnegação, o trabalho, a observação, a força de vontade, o amor e as coisas boas. Durante sua vida toda, regeu suas ações por três virtudes: o trabalho, a tolerância e a solidariedade. Escreveu livros e obteve muitos diplomas também. Sempre procurava simplificar as matérias difíceis, para que seus alunos bem compreendessem os conteúdos ensinados.

Fiz pequena pausa, olhando para aquela criaturinha ao meu lado, relembrando que em atenção ao seu interesse pelas coisas do espírito, estava eu sempre a acompanhar-lhe os passos de encarnação em encarnação. Então continuei a explicar-lhe que Kardec se casara com uma senhorita de nome Amélie Gabrielle Boudet e não tiveram filhos, porém dedicaram suas vidas aos seus semelhantes. Como Allan Kardec, sua esposa também era professora e ajudou-o muito em sua missão na Terra, de mestre e codificador da doutrina espírita.

– O que significa codificador? – interpelou a menina. – Foi ele quem fez o espiritismo?

– Não, minha querida. Ele organizou os ensinamentos transmitidos pelos espíritos. Isto é, deu-lhes um corpo, uma ordem didática. Kardec seguiu suas instruções, dando uma sequência lógica às leis reveladas pelos espíritos. Pesquisou, estudou e comparou as respostas recebidas, a fim de comprovar se elas estavam concordes umas com as outras...

- Que ensinavam eles? - perguntou com bastante interesse.

- Ensinavam as leis que regem o mundo espiritual. Assim como você aprende na escola as ciências naturais, os espíritos lhe ensinaram como agem as leis morais, as leis do espírito.

- O modo como vivem? As suas ocupações? O estado em que se encontram, como experimentam alegria ou tristeza... É isso?

- Sim, Shane... - Hoje a Humanidade pode ter uma ideia da vida espiritual. A doutrina trazida pelos espíritos revela as leis divinas, que são baseadas no bem e na justiça.

- E por que nem todos podem ver esse mundo espiritual, como eu posso observar agora?

- Porque são dimensões distintas. Mas, às vezes, as criaturas da Terra entram em contato com o mundo dos espíritos, ao expandir seu campo de percepção das coisas... Isso é o que está ocorrendo com você agora.

– Ah... Entendi. Por isso é que papai e mamãe não podem ver você, como eu vejo?

– Sim... Mas quando dormem e seus corpos descansam, eles também tomam parte da vida espiritual. Mas após o sono físico, retornam ao corpo, o estado de espírito encarnado...

– Quando as pessoas morrem, elas vêm para cá?

– Sim, mas continuam tendo um corpo, um envoltório parecido com o corpo que ficou na Terra.

– Então, as pessoas não morrem. E podem encontrar seus amigos e parentes do lado de cá...

– Mas para isso é preciso que elas tragam a bondade dentro de seus corações, que amem seus semelhantes, como Jesus amou. Caso contrário, levam muito tempo para se encontrarem e desfrutarem de uma felicidade real e verdadeira.

– Eu poderei ver vovô?

– Sim... Mas não desta vez. Ele está ocupado, trabalhando. Quem sabe noutra oportunidade.

– Tá bom... Foi bem assim que eu disse para minhas bonecas outro dia. Que vovô e outros que partiram estão vivendo no céu. Eu dizia que elas não deveriam ter medo da morte, porque é muito simples. Amelinha caiu... Amelinha é minha boneca, sabe? Ela pensou que ia morrer. Muito teimosa, vive caindo, dá-me um trabalho...

Não pude deixar de sorrir. Lembrei-me de quando entrei no aposento de Shane e a encontrei às voltas com suas bonecas. Ela havia enfileirado todas numa posição só e procurava ministrar-lhes os ensinamentos que aprendera nas aulas de evangelização.

Recordo-me que trazia nos braços uma roupinha sua e explicava:

– Vocês estão vendo este paletó? Está mole, mole, mole, porque dentro dele não tem nada que o faça parar. Vejam bem. Se eu soltar, ele cai.

E soltava a peça no chão, continuando:

– Assim é nosso corpo... Se não tiver nada dentro, cai, acaba, morre. Vejam agora...

E vestia o paletó.

– Eu sou o espírito que anima o paletó. Entenderam que o paletó no caso é meu corpo material? Então, posso ter muitos paletós, brancos, azuis, vermelhos... Mas eu continuo a mesma. Entenderam então que o espírito é sempre o mesmo?

Assim prosseguia ela naquela interessante explicação até que, através de sua mediunidade, percebeu-me. E sempre muito querida correu ao meu encontro. Agora estávamos ali, tão ligados pelos laços da afinidade espiritual, falando sobre o codificador do espiritismo.

Ao meu lado Shane assumia o psiquismo de adulto. Eu quase esquecia a sua condição de criança. Contemplando-a com infinita ternura, prossegui:

– Sabe, minha querida, que Allan Kardec encerrou toda esta doutrina maravilhosa em alguns livros? Quando você crescer, poderá compulsar esses livros e conhecer mais a fundo o espiritismo. Comece por *O Evangelho segundo o Espiritismo*, que é o evangelho de Jesus. Mas pode começar também por *O Livro dos Espíritos*, do qual derivaram as demais obras do pentateuco kardequiano.

– Pentateuco? Hã..?

– Desculpe. Eu me referi aos cinco livros de Allan Kardec, as chamadas obras básicas...

– Eu poderia ler para minhas bonecas?

– Não creio... Mas você já será uma mocinha... Então poderá ler para outras crianças, como é você agora.

– Ah! Como a tia Elisa? A evangelizadora do centro? Você sabe que vou ser professora um dia, como meu avô e minha mãe?

E arregalando os olhinhos muito claros, asseverou?

– Vou abrir uma escola diferente. Vou ensinar a doutrina de Allan Kardec com muito amor.

Vou ensinar as criaturas a respeitarem-se, a viverem num mundo de paz. Eu não vou ensinar só isso não. Quero que aprendam de tudo. Quando eu crescer, vou abrir uma escola para aqueles que vivem por aí, jogados, sem ter uma mãe ou alguém para orientá-los, para aqueles que passam a maior parte do tempo longe de suas mães, pelo fato de que elas precisam trabalhar fora. Eu quero educá-los para a vida... Eu quero ter uma escola bem grande com um mundo de crianças ao meu redor... Quero dar a elas muito carinho, assim como faço agora com minhas bonecas. Só que bonecas não são gente...

– Shane, Shane! Você é incrível! Olhando você, assim, tão decidida, sinto que será capaz der realizar seu sonho.

Olhou-me dentro dos olhos com firmeza:

– Vovô partiu para a espiritualidade quando?

– Em 31 de março de 1869. Ele preparava-se para mudar de residência. Contava 65 anos.

Ficamos em silêncio durante um longo

tempo, relembrando cada qual aquele maravilhoso lugar que fora o berço do mestre Kardec. Shane rememorava tudo que ouvira de mim. Tomei-lhe as mãozinhas e começamos a caminhar por entre as alamedas floridas daquele jardim. Depois penetramos em um lindo bosque onde havia um lago de águas cristalinas e muitos pássaros saltitantes à nossa volta, como que a acompanharem nosso caminho de regresso.

Então ouvimos uma voz de mulher vinda de muito longe... Quase num sussurro: Shane! Shane! Querida, você adormeceu!

Maina estava debruçada sobre o corpinho da filha, estendida no tapete.

- Mamãe... Sonhei com o vovô do quadro!

- Com o vovô do quadro?! - retornou, sem entender.

- Com Allan Kardec...

E tagarelando com muita vivacidade começou a relatar para a mãe o estranho sonho.

Maina olhou a filha, estupefata. Foi para a cozinha, pensativa.

Sob minha inspiração, apanhou seu caderninho e com um lápis começou a escrever os nomes dos cinco livros que compõem o pentateuco kardequiano, enquanto lia em voz alta: *O Livro dos Espíritos, O Livro dos Médiuns, O Evangelho segundo o Espiritismo, O Céu e o Inferno* e *A Gênese.*

Maina voltou-se, com o pano de prato nas mãos. Contemplou a menina, murmurando consigo mesma. "Esta deve ter sido algum daqueles espíritos contemporâneos de Kardec..."

Um bebê! Só não está muito molhado, porque ficou protegido pelo banco.

O Veterinário de Deus

Lúcia Cominatto

Após um dia ensolarado, no final da tarde o céu fica nublado e um arzinho de chuva já se faz sentir. Sentadas num banco na varanda de uma casa modesta, Aline e Sônia conversam sobre o que pretendem fazer no domingo.

– Sônia, o que você acha de passarmos o domingo no sítio do vovô? As jabuticabeiras já estão começando a produzir. E eu adoro jabuticabas!

– Ah, não! Prefiro ficar aqui mesmo. Pretendo ir à festa de aniversário da Joana. Vai ter até bailinho!

– Cuidado, Sônia! Você sabe que mamãe não simpatiza com essa tal de Joana. Desconfia de que ela anda com más companhias.

– Mamãe vê maldade em tudo. Tenho certeza de que não é nada do que ela pensa.

Nisso, começam a cair os primeiros pingos de chuva. As jovens acham melhor entrar, interrompendo a conversa.

Quinze minutos depois, a chuva desaba. E é chuva com ventania, raios e trovões. Começam a fechar as janelas, porque a mãe, dona Clarinda, não se encontra em casa. Com a intensidade da chuva, logo a luz apaga. As horas passam e nada de a luz voltar. As ruas ficam intransitáveis naquele vilarejo. E dona Clarinda não consegue regressar, embora preocupada com as filhas ainda jovens e inexperientes.

– E agora, o que fazemos? – pergunta Sônia. – Já começa a anoitecer e a luz não volta. Será que teremos de passar a noite no escuro?

E ambas vão para a cozinha verificar onde a mãe tem velas. Mas não encontram.

– Ah! Já sei – disse Aline. – Deve ter no quarto da mamãe; ela vive acendendo velas quando reza pedindo ajuda aos santos.

Já estavam procurando, quando percebem que a porta do quarto vai rangendo, rangendo, até se fechar, mas não percebem que aquilo era por causa do vento forte a soprar por alguma frestinha.

Ambas, assustadas, achando que o quarto está mal-assombrado, se abraçam e ali ficam paradas, sem saberem o que fazer.

Nisso, Aline, por ser mais velha e menos medrosa, sugere:

– Vamos rezar! Se for um espírito bom, vai agradecer.

– E se for um espírito mau? – pergunta Sônia, apavorada.

– Vai também se beneficiar.

– Mas eu estou com medo! – retorna a irmã.

– Deixe de ser medrosa. E vamos rezar juntas!

E assim, passam a orar o Pai-nosso, a Ave-maria, o Credo, como se a repetição das orações decoradas tivesse mais valor que algumas palavras partidas do coração. Mas, apesar das orações, Sônia não consegue se acalmar. Agarradas, uma a outra, voltam para a sala.

Nisso, ouvem um choro baixinho vindo do lado de fora. Assustadas, e não podendo abrir a porta por causa do vento forte, Aline pergunta:

– Quem é? Está chorando por quê? – mas ninguém responde.

Aline, então, afasta a irmã e vai abrindo a porta bem devagar para espiar. De repente, num golpe de vento, a porta se escancara e ambas ficam encharcadas. Olham para fora e não veem ninguém.

Com muito esforço, Aline fecha a porta novamente. Mal passa a chave e o choro recomeça.

– Que brincadeira é essa? – pergunta. Mas, como das outras vezes, ninguém responde.

Suspeitando ser alguma alma penada, tenta dialogar com ela, dizendo:

– Vou fazer uma pergunta. E você me responda sim ou não. Se for sim, bata de leve na porta, mas, se for não, dê duas batidinhas. Entendeu?

Mas, com o barulho da chuva, não dava para escutar.

– Onde você aprendeu isso? – pergunta Sônia, com curiosidade.

– Uma amiga me disse que, assim, é possível conversar com os espíritos.

– Credo, minha irmã! Não gosto disso. É bom parar por aí!

Aos poucos, a chuva diminui, e o estranho choro também.

– Agora vou tentar novamente, mas, antes, darei mais uma espiadinha, porque não estou ouvindo mais nada.

Devagar abre a porta e vê, debaixo do banco, uma criança embrulhada em panos.

– Nossa Senhora... Sônia! Venha ver quem estava chorando! Um bebê! Só não está muito molhado, porque ficou protegido pelo banco. Vamos levá-lo para dentro; deve estar com muito frio. Vai buscar um xale de lã, enquanto tiro esses panos molhados.

Já dentro de casa, ao despirem a criança e aquecê-la com o xale, percebem que se trata de um menino recém-nascido.

– Era por isso que chorava tanto. E nós, bobocas, pensando ser algum mau espírito. Quem o teria deixado aqui? E o que vamos fazer com ele? – pergunta Sônia. – E a mamãe que não chega!

– Vou procurar dona Amélia, a parteira que mora aqui perto. Quem sabe, ela poderá nos ajudar!

Aline ia sair, mas estava muito escuro, e o caminho já era um verdadeiro lamaçal. Poderia escorregar e cair. Tenta telefonar para a mãe, mas o telefone está mudo.

- E, agora, o que fazer? - ambas perguntam.

Nisso, Aline sugere:

- Vamos pedir ajuda aos nossos anjos de guarda. Certamente, eles nos darão alguma ideia.

Após uma pequena oração, Sônia, que é médium psicofônica sem o saber, numa voz estranha, porém suave, diz:

- Tenham fé. Logo aparecerá alguém para auxiliá-las.

Não demora muito e escutam palmas.

- Quem é? - Aline pergunta.

Uma voz feminina responde:

- Sou Amélia, a parteira. Abram, por favor, preciso lhes falar.

- Nossa! Como o anjo é esperto! - diz Sônia.

A parteira entra. E em tom sério narra:

- Eu estava indo de charrete atender a uma parturiente no Sítio da Cascata quando a chuva começou a cair. Acabei ficando atolada aqui perto. Sem saber o que fazer, vim perguntar se o seu irmão está em casa e se pode me ajudar.

Aline, aliviada, exclama:

– Abençoada seja, dona Amélia! Meu irmão viajou, mas, neste momento, somos nós que precisamos muito da ajuda da senhora.

– O que houve?

– Vá até o quarto e veja por si mesma...

Ressabiada, a senhora vai ao quarto e:

– Jesus! Maria! José! Acho que nasceu de sete meses! Ainda é muito pequeno! Mas, afinal, por que esse bebê está aqui?

Aline passa a explicar o que ocorrera, acrescentando:

– A senhora foi mandada por Jesus.

– Como assim?

E Aline revela que no momento em que estavam rogando ajuda, Sônia pôs-se a falar de uma forma diferente, dizendo que logo chegaria uma pessoa para ajudá-las.

– Verdade, Sônia?

– É ela quem diz. Eu não me lembro de nada.

Dona Amélia, que é espírita, compreendendo o que poderia ter ocorrido, explica que Sônia tivera um transe mediúnico.

– Mas isso não é coisa do demônio? – pergunta Aline.

– Não. Se fosse do demônio, seria um demônio bonzinho, que só queria auxiliar. Agora, não percamos mais tempo. Vamos providenciar tudo o que seja necessário para banhar e aquecer esse menino.

– E a charrete, como fica?

– Depois eu vejo isso; agora a criancinha é mais importante. Vamos cuidar dela, senão pode morrer. Se não temos luz e não acharam vela, levemos a criança para a cozinha e, se ainda tiver brasas no fogão, podemos acender o fogo para aquecer e cuidar desse bebê.

Assim, graças à ajuda dos bons espíritos, que intuíram a parteira para buscar socorro naquela casa, a criança foi salva.

Dona Amélia, após dar as instruções necessárias de como cuidar do bebê até dona Clarinda chegar, vendo que a chuva já havia passado, despede-se e vai procurar alguém para desatolar a charrete e continuar o seu trajeto.

Alguns homens que por ali passavam, com muito esforço, conseguem fazer com que dona Amélia prossiga a viagem. Pelo caminho, muito preocupada, vai pensando:

– Como estará ela? Será que a criança já nasceu? Será que alguém a ajudou? Mas, de qualquer forma, irei até lá, nem que seja só para me desculpar.

Após um longo percurso, só consegue chegar ao sítio, pela madrugada. Ansiosa por saber notícias, para a charrete perto da entrada, sacode a sineta do portão, mas ninguém responde. Nisso, passa um vizinho, que avisa:

– Ó, dona! Não adianta tocar. Não tem ninguém aí!

– O que houve? Maria estava para parir, e eu

viria ajudar no parto. Mas fiquei com a charrete atolada por causa do temporal e só agora consegui chegar e ver como estão as coisas. Ela foi para o hospital?

– Não foi não, dona. Eles sempre foram muito pobres.

– Mas existe hospital público!

– Não dava mais tempo.

– Mas deu tudo certo?

– Não, dona! Deus levou Maria para o céu.

– Não me diga! Coitada! E o bebê nasceu bem?

– Nasceu um garotinho magrelo, mas não sei dizer se vingou.

– E o marido dela... Onde está?

– Deve estar no velório. É só isso que sei. Mas, ouvi dizer que ele não vai querer a criança, porque matou a mulher dele. Não sei se é verdade, mas parece que ele quer dar o menino para alguém criar.

– Ele não tem outros filhos?

– Não, esse seria o primeiro.

- Coitado! Deve ser muito difícil passar por uma situação assim. Mas a criança não teve culpa. Foi vontade de Deus, não é mesmo?

Dizendo isso, agradece pela informação recebida e, embora cansada pela longa viagem, vira a charrete para retornar.

O sol vai ficando alto e o calor aumentando; e ela ainda teria algumas horas a percorrer. Pelo caminho vai pensando:

- Será que aquele menino que eu socorri na casa da dona Clarinda é o filho da Maria, que o marido ia dar? Pobrezinho, órfão de mãe, agora também não terá pai! Mas, todos nós estamos subordinados à lei de causa e efeito, através da qual, colhemos o que semeamos nesta ou em outras encarnações.

E a parteira continua a pensar:

- Teria sido o pai que levou o bebê e colocou na casa da dona Clarinda? Será que ela vai aceitar e criar o bebê?

Entretanto, nesse meio tempo, dona Clarinda

retorna e, encontrando as duas filhas às voltas com a criança, pergunta:

- O que está acontecendo aqui? De quem é essa criança?

- Não sabemos! - dizem as duas ao mesmo tempo.

É Aline quem explica o ocorrido.

- Pois tratem de descobrir quem foi que a colocou aqui em casa. Já criei três filhos, estou ficando velha e não pretendo criar mais ninguém. Se não descobrirem, vou entregá-la ao juiz. Como pode existir gente sem coração que tem coragem de doar os próprios filhos? Que absurdo!

- Mas, mamãe, ele é tão bonitinho! Deixe-o ficar; nós cuidaremos dele.

- Vocês? Duvido! Tenho certeza de que vai acabar sobrando para mim.

- Deixa que fique conosco, mamãe! Pelo menos até ele engordar um pouco. Está tão magrinho!

- Não, Sônia... Vai ser uma despesa a

mais nesta casa. Além do mais, nem enxoval ele tem.

- Sei que nos centros espíritas algumas mulheres fazem roupinhas de bebê para doar às mães carentes. Quem sabe, conseguimos lá alguma coisa! - sugere Aline.

- Só quero ver vocês cuidando desse menino! Pensam que não vai dar trabalho? Se vocês tinham algum programa para hoje, podem esquecer e, amanhã, tratem de levá-lo a um posto de saúde para o médico examinar. Lembrem-se de que vão ter fraldas para trocar, banho para dar, mamadeira para preparar, além de aguentar o choro quando vocês quiserem dormir.

Uma olha para a outra, com um sorrisinho maroto, pois têm certeza de que a mãe acabaria concordando e se afeiçoando ao bebê.

Sem nada dizer, dona Clarinda se lembra de que será preciso registrar a criança como filho adotivo e, com os pais desconhecidos, uma ordem judicial será necessária.

– E o nome... Como vamos chamá-lo?

Após vários palpites, dona Clarinda sugere:

– Que tal homenagearmos o pai de vocês? Ele poderá se chamar Antônio...

As duas concordam e logo passam a chamá-lo de Toninho.

*****

COM OS CUIDADOS NECESSÁRIOS, Toninho foi crescendo e se tornando uma linda criança. Não dava qualquer trabalho e mostrava ser uma criança alegre e sadia, esperta como ela só! Com um ano, já corria pela casa e demonstrava possuir uma inteligência brilhante. Trouxe muita felicidade para aquele lar.

Mesmo sabendo ser filho adotivo, aceitava a sua situação. Tinha um carinho especial pelos animais. Era impressionante o cuidado que tinha com algum gato ou cachorro que encontrasse abandonado ou ferido. Levava-o para casa, tratava dos ferimentos com muito cuidado, qual se fora um pequeno veterinário e depois o devolvia à liberdade ou procurava um lar para ele.

Certo dia, enquanto passeava com suas irmãs, ao virar uma esquina, viu encostado num muro, todo encolhidinho, um cachorrinho muito sujo e com algumas feridas. Toninho se condoeu tanto com o estado dele, que pediu a elas que o auxiliassem a convencer a mãe a aceitá-lo, mas foi só com muita insistência que dona Clarinda concordou.

Com os cuidados recebidos, Bob se tornou um lindo e esperto cãozinho, que passou a ser a alegria daquela família.

Vários anos depois, num centro espírita que passaram a frequentar, Sônia equilibrou a sua mediunidade e Toninho veio a saber que, numa encarnação anterior, sentia prazer em judiar dos animais e que reencarnou órfão, para aprender a valorizar a vida e a amá-los. Desde pequeno, costumava dizer que quando crescesse, seria veterinário.

Hoje, doutor Antônio é um veterinário conceituado e admirado pelo grande amor que dedica a esses nossos "irmãos menores".

_ Por que estais tão preocupados
com o que haveis de vestir ou de
comer. Vede quão lindos são os
lírios do campo. Nenhum rei
vestiu tão elegante. E graciosas
são as aves a voar no céu. Quem
lhes dá de comer? _ O Criador.

O carpinteiro de Nazaré[2]

Rubens Toledo

O VELHO JOSÉ ESTÁ trabalhando na sua oficina. Há muitas encomendas, incluindo a mesa para o culto de domingo na sinagoga. O rabino Joshanan deve vir retirá-la no fim da tarde. José está cansado...

– Onde está Jeshua? Ele bem que poderia estar me ajudando... Maria! Maria...

– Estou aqui... Você me chamou?

– Sim, mulher. Você viu a enxó... Não posso produzir sem essa ferramenta.

2. Conto na forma de radionovela. Também está adaptado para o teatro.

– Ora, meu querido... Está aqui... Bem diante dos seus olhos.

José sorri. Como não pudera ver?

– Mas e Jeshua... Onde está ele? Não o vi esta manhã.

– Você sabe como ele é. Deve estar pelos campos ou junto ao lago. Desde que voltou a Nazaré, parece carregar todas as dores do mundo sobre os ombros. Seu olhar é profundo... E vejo-o sempre meditando...

– Eu me preocupo com Jeshua. Os seus irmãos não o compreendem. E parecem não aceitar o seu modo de ser. Mas Jeshua é um ser especial. Lembra-se do susto que nos deu quando peregrinamos a Jerusalém?

– Sim... Como poderia esquecer? Perdemo-lo no meio do templo... E quando o encontramos, falou com a autoridade de um rei: "Não sabem que eu vim para tratar das coisas de meu Pai?"

– Sim... Os rabinos e sacerdotes ficaram admirados com sua sabedoria... Como poderia um menino conhecer tão bem as escrituras, toda a lei e os profetas?

José empunha a enxó e retoma o trabalho na mesa solicitada pelo rabino. Maria volta aos afazeres domésticos, momento em que os outros filhos de José entram na casa, esbaforidos.

– Pai! Veja que andam dizendo por toda a cidade. O novo governador da Judeia garantiu que os judeus poderão celebrar seus cultos e tradições. Cesar Augusto vai respeitar nosso culto a Jeová, o deus único!... – exclamou Simão, entusiasmado com as novas que vinham de Roma.

– A Páscoa este ano será a maior de Israel! – acrescentou o irmão, Tiago.

– Sim, meu pai! Virão tribos de toda a Judeia para comemorar a vitória do Deus de Israel sobre os egípcios!

– Augusto é amante das Artes e da Cultura. E o governador Pôncio Pilatos quer evitar revoltas no seio do nosso povo – falou José, mais animado.

Enquanto serve bebida a José e também aos filhos Tiago e Simão, a jovem Maria comenta:

– Muito embora continuem politeístas...

– Deveremos preparar nossa caravana a Jerusalém? – pergunta Tiago.

Mas José, fazendo certo suspense:

– Não, meus filhos. Este ano não iremos a Jerusalém. Seu irmão acaba de voltar ao lar, após 15 anos longe de casa. Por falar nele... Onde está Jeshua?

– Disseram que esteve em Cafarnaum esta manhã, com um grupo de pescadores. Até um cobrador de impostos estava com ele... Ele ensinava a todos e falava sobre o Reino dos Céus! – falou Simão, com certa ironia.

Maria percebeu o tom na voz do enteado. E interveio, prontamente.

– Eu quero apresentar Jeshua aos sacerdotes de Nazaré. Ele agora é um homem!

– Ora! Nazaré inteira já o conhece. Sua fama cresce dia após dia... E por causa dele não iremos a Jerusalém? – reclamou Tiago.

- Calma! Não iremos a Jerusalém, mas iremos a Caná! Meu amigo Aref vai casar uma de suas filhas. Ele faz questão da nossa presença...

Simão e Tiago, solteiros, ficaram meio enciumados. Nair e Aref estavam preparando o festim de núpcias de Gehna, a filha mais nova do casal e cujo dote tinha sido arrematado por um rico vinhateiro de Naim.

- Então Gehna vai se casar? Pelo menos ainda há uma jovem solteira na família - brincou Simão.

O velho carpinteiro esperava também um dia ver todos os filhos casados. Mas dos seis filhos das primeiras núpcias, ainda restavam Simão e Tiago. Além de Jeshua, da sua união com Maria.

Festim de Bodas

Caná dista não mais que 30 quilômetros de Nazaré. Ainda hoje, um pequeno comércio de objetos religiosos, alusivos à transformação de água em vinho, atrai caravanas de peregrinos que visitam a cidade.[3]

Aref, o anfitrião, recebeu José de braços abertos.

- Que honra receber tua família. Minha casa está em festa!

- Ora, Aref. Não poderia perder esta festa por nada. Viemos todos, até mesmo Jeshua, meu filho mais novo.

- Sim... Eu o vi. É um tipo diferente, raro de encontrar. Soube que é profeta, verdade?

- Digo-lhe mais: é o próprio Messias anunciado nas Escrituras!

Feliz, Aref pede à esposa que providencie mais vinho aos convidados. Nair, a esposa, procura a serva Abigail e esta informa que já havia servido todo o vinho.

- Senhora... Já servimos três tonéis.

---

3. Consultando os textos do Novo Testamento e também alguns pesquisadores da história de Jesus, lemos que o Nazareno compareceu ao festim, acompanhado de quatro dos seus discípulos. José e Maria também estavam presentes, acompanhados de Simão e Tiago (meios-irmãos de Jesus).

Nair pede então à serva que vá às cercanias a fim de obter mais vinho. A senhora está constrangida. O número de convidados tinha excedido as expectativas.

Percebendo o constrangimento da amiga, Maria vai até Jesus, a fim de obter ajuda.

- Mulher! Não sabes que ainda não é chegada minha hora?

- Sim, meu filho, eu sei. Mas como recusar o pedido que vem de um coração de mãe?

Aref e José estão em animada conversa. Os nubentes dançam e cumprem o ritual hebraico. Enquanto isso, Jesus chama alguns dos homens que servem na casa e ordena:

- Encham aquelas ânforas com água e tragam até mim.

Maria intervém.

- Façam o que ele pede...

Diante das seis jarras, com água, Jesus ora por instantes. Ergue os olhos ao firmamento. Volta-se aos servos:

– Agora podem servir! ...

Os servos e alguns convidados admiram-se do prodígio. As bigas estavam repletas de vinho!

Abigail serve o mestre do cerimonial, responsável também por tudo que era servido à mesa. E este saboreia a taça de vinho.

– Excelente! Guardaram o melhor vinho para o fim da festa? Em geral servem o vinho bom no início e deixam o ruim para o final... Mas eu nunca havia provado nada tão bom!

Os servos continuam a servir. Nair está exultante de felicidade. Corre até o esposo, Aref, e serve o esposo. Reina a alegria.

– Nair! Parece que o vinho se tornou ainda melhor! Não embriaga, não entorpece... É especialmente bom! Que puseram neste vinho, mulher?

– Oh! Meu bem... Eu não sei. Mas foi o filho de Maria quem operou este milagre.

– Então José não mentiu. Esse homem é de fato profeta!

– Ele disse que estas bodas eram um símbolo da união entre o céu e a terra e que haveríamos de nos deixar embriagar de sua mensagem!...

– E onde está ele? Onde está José...?

– Eles se foram, evitando tumultos. Todos queriam tocar o filho de José.

É PRECISO NASCER DE NOVO

Não demorou muito para que a fama do profeta nazareno alcançasse toda a Judeia. Em Jerusalém, os membros do Sinédrio comentavam os prodígios de Jesus (Jeshua). Nicodemos e José de Arimathea conversam à porta do Templo.

– Arimathea... Nunca vi algo parecido em meus mais de 70 anos! Em Caná, transformou água em vinho. Em Cafarnaum curou dezenas de sofredores e restituiu os movimentos a um paralítico. Esse homem é profeta!

– Soube que virá a Jerusalém, com seus seguidores. Anás e Caifás estão preocupados. Esse nazareno se diz filho de Deus... E o povo já o chama Novo Rei de Israel!

– Roma não vai tolerar mais um messias... Herodes, o tetrarca da Galileia, está muito desgastado com o novo governador Pilatos. Tudo por causa de João Batista...

– Ah... Pobre Batista! Morreu anunciando a chegada do Messias: "Arrependei-vos! Preparai vossas veredas para o filho de Deus!"

– Mas, Arimathea... Eu não posso compreender tamanho mistério! Como este profeta, o carpinteiro, pode ser o Messias anunciado pelos antigos profetas se Elias, que haveria de vir antes dele, ainda não veio? Preciso é que Elias venha primeiro. Não é o que dizem as escrituras?

– Ora, Nicodemos! Um dos seus seguidores, o pescador, o tal Simão, afirma que Elias já veio!

– O quê?????

– Sim. Veio como João, o Batista. O decapitado!

Nicodemos não podia compreender como isso seria possível. Numa noite, com panos até a cabeça, foi procurar Jesus. Não teve dificuldade para localizar o Nazareno, que se encontrava com os apóstolos, na casa de Pedro, em Cafarnaum. Mas não poderia abordá-lo, ali, diante do povaréu. Queria sim ter uma conversa em particular com o filho do carpinteiro. Ele esperaria o cair da noite e então o abordou, quando orava à margem do lago.

O diálogo é curto.

– Tens dito coisas que não podemos compreender, mesmo entre os mais sábios em Jerusalém... Como poderia eu, sendo velho, retornar ao ventre de mulher para nascer outra vez?

– Ora, Nicodemos! Tu és doutor no Sinédrio e não sabes ainda destas coisas? O que vem da água, isto é água. O que vem do espírito, isto é espírito. E o espírito é como o vento. Não se pode dizer de onde vem, ou para onde vai. Mas sua voz é ouvida. Eu te digo, em verdade, que é preciso que nasças de novo. Ninguém pode ver o reino dos Céus se não nascer de novo.

Maria de Magdala

Enquanto isso, em Magdala, Ruth penteia os cabelos de sua senhora, Maria, na grande mansão, onde servem várias moças. Maria está deprimida. Não tem dormido bem à noite.

– Ruth... Tenho tido pesadelos e insônia. Se Rufus vier à minha procura, diga-lhe que estou indisposta. Com dores de cabeça.

– Está bem, senhora. Mas, se não se importa, queria falar-lhe sobre o que ouvi de uma das meninas, aquela que veio de Cafarnaum.

– O que tem ela, Ruth?

– Ela falou do tal Natanael Ben Elias, o paralítico. Disse que ele foi curado pelo profeta de Nazaré, de quem andam falando. Pois bem! Esse profeta tem feito curas extraordinárias. Tu poderias procurá-lo também...

– Ah... Minha querida Ruth. Meu mal é outro. Estou em busca de paz. E não a encontro para meu coração aflito!

– Pois ele diz que veio trazer a paz. Não a paz do mundo, mas a sua paz. Se quiser, senhora, nós poderemos encontrá-lo em Cafarnaum. Ele tem sido visto ao cair da tarde, caminhando às margens do Lago de Genesaré...

– Sim, Ruth. Nós iremos à procura do profeta. Quero muito conhecer esse homem de que falas! Sinto que ele poderá acalmar meu coração sedento de paz.

EU NÃO VIM DESTRUIR A LEI

Na carpintaria, José está trabalhando em outra encomenda do rabino Joshanan. Um grande altar para as oferendas. Tiago e Simão entram no recinto, agitados.

– Pai! Pai... Deus seja louvado! Jeshua por pouco não foi morto esta tarde. Fariseus fanáticos tentaram contra ele! – brada Simão, ainda trêmulo pelo que acabara de ver.

– Sim, meu pai... Ele escapou como uma águia. Ninguém sabe como!

José empalidece. Maria aproxima-se preocupada.

- Mas sob qual acusação? Porventura nosso Jeshua tem afrontado a Jeová ou a Lei de Moisés? - questiona o carpinteiro.

- Ele diz que não veio destruir a lei. Mas que veio cumpri-la! - interpõe Tiago, um dos filhos. - Ele tem operado curas maravilhosas. Algumas aos sábados!

- Ora... E qual o problema? Não estou eu aqui, também num sábado, trabalhando numa mesa a pedido de Joshanan, para o culto de amanhã na Sinagoga?

- Muitos sacerdotes estão enciumados. Uns dizem que ele tem parte com Belzebu... Outros afirmam que não passa de um lunático - argumenta o irmão.

José sente um mau presságio.

- Andem... Tragam seu irmão aqui. Preciso falar com Jeshua.

Maria sente o coração bater de forma descompassada. Ela também pressente algo.

– Esperem! Eu irei com vocês. Acho que sei onde ele pode estar...

Maria ouvira alguns dizerem que o profeta nazareno reuniria o povo ao pé do Monte Garizim[4]. Ali já fizera alguns dos seus sermões. Temia que os fariseus mais exaltados pudessem tentar contra ele. Acompanhada dos filhos de José, ela segue para a região do Tabor.

Quase no fim da tarde, Maria, Simão e Tiago observam centenas de peregrinos dirigindo-se à montanha. Confirmando o que dissera um pescador em Cafarnaum, o profeta estaria lá naquela tarde. Ao aproximar-se, reconhecem Jeshua num ponto mais elevado da encosta, dirigindo-se ao povo:

– *Por que estais tão preocupados com o que haveis de vestir ou de comer. Vede quão lindos são os lírios do campo. Nenhum rei vestiu tão elegante. E gracio-*

---

4. Monte das bem-aventuranças ou das beatitudes.

sas são as aves a voar no céu. Quem lhes dá de comer?

– O Criador.

Maria e os filhos ficam embevecidos com o que ouvem. Mas, como dizia Malaquias, "nenhum profeta é respeitado em sua terra". Um ancião do pequeno grupo.

– Querem ouvir o Nazareno? Venham!

– Não. Nós viemos buscá-lo, a mando de meu pai, José, o carpinteiro de Nazaré – atalhou Simão, um pouco áspero.

– Melhor não interrompê-lo. Vamos aguardar... – interveio Maria, conciliando.

– Nosso pai não pode esperar – insiste Tiago, também de modo grave.

Gentil, o velho pede que aguardem e vai falar a Jesus, que está falando ao povo:

– Todos vós sereis bem-aventurados! Vós os que sois humildes, os que estais aflitos...

E não existe quem não possa merecer o céu. O bom, o mau... O são... O pecador...

– Mestre... Aí estão tua mãe e teus irmãos. Eles

vieram te buscar! – falou o ancião, em voz baixa.

E Jesus, voltando para todos os que o ouviam:

– *Quem é meu pai, minha mãe, meu irmão? Pois em verdade vos digo que a minha família sois todos vós. Todo aquele que faz a vontade de Deus, esse é meu pai, minha mãe e meu irmão!*

No meio da multidão, ao pé do monte, também ali se encontrava Maria de Magdala. De alma renovada, encontrara naquelas palavras a esperança e o conforto para sua alma.

Entretanto, Ruth, a boa serva, enfrentava a fúria de Rufus:

– Diga-me, Ruth: o que está havendo? Esta casa está à venda?

– Maria não mora mais aqui. Pediu-me que cuidasse da venda da propriedade.

– O que significa isso? Ela enlouqueceu?

– Ela leiloou suas joias, distribuindo parte da sua riqueza com as moças que aqui serviam... Outra parte, ela deu-a aos pobres – falou a criada, com medo do oficial romano.

– Traidora! Pois saiba ela que haverei de prender a esse tal profeta. Ela me pagará!

– Senhor! Maria espera que tu também te convertas à doutrina libertadora trazida pelo Profeta de Nazaré. E que deseja vê-lo futuramente...

– Você também enlouqueceu, criatura? Diga-me onde ela está? Diga ou arrancarei tua língua!

– Ela seguiu para Cafarnaum em busca do Nazareno... Talvez Naim. Eu não sei! – exclama a serva, caindo de joelhos.

Laços espirituais

Na oficina de José, o ambiente é de tristeza. O velho carpinteiro está aborrecido. Sente o peso dos anos. Mas não se conforma em saber que Jeshua não atendera o seu chamado.

– Nós o encontramos pregando a uma multidão. Mas ele ignorou a todos nós, meu pai. Ele preferiu ficar com aqueles sofredores... – falou Simão, contrariado.

- Não, Simão... Você não compreendeu. Ele nos ensinou que os verdadeiros laços de família são de natureza espiritual. E que somos todos irmãos perante Deus! - interveio Maria, na intenção de esclarecer o mal-entendido e acalmar os ânimos.

- Jeshua não tem nosso sangue... Preferiu ficar com aqueles miseráveis em vez de sua família - atalhou Tiago, enraivecido, afastando-se do recinto.

Maria conforta o esposo, reportando parte das palavras pronunciadas por Jeshua. Mesmo não tendo falado em particular com o filho, estava serena. Um dos discípulos, de nome João, viera ao seu encontro e lhe confirmara tudo quanto seu coração já sabia.

- José... Nosso filho é o Messias.

- Sim, Maria!... Sinto que meus dias na Terra estão terminando. Que não poderei ver com estes olhos a glória de Israel ao reconhecer o Messias, o enviado de Deus!

Maria acomoda a cabeça de José e ajuda-o nos passos até o leito.

Teus pecados te são perdoados

Atendendo a convite de Simão, o fariseu, Jesus segue para Naim a fim de jantar em sua casa. Sabe das intenções do seu anfitrião. Algumas dançarinas alegram os convidados, que disputam os melhores lugares. A recepção obedece aos ritos judaicos. Uma bacia, com água, é oferecida a cada um dos convidados, a fim de que se refresquem e lavem as mãos antes de ocupar seus lugares à mesa. Jesus entra no recinto.

- Bem-vindo sejas tu, Nazareno!

- A paz esteja com todos! - diz Jesus, saudando a todos e indo sentar-se junto deles.

Os convidados, no entanto, esperam que Jesus toque o alimento. E quando ele reparte o pão, comentam uns com os outros. O profeta não lavara as mãos!

Jesus, que já esperava por aquela reação, aproveita para lhes dar esta lição:

- *Em verdade vos digo: o que contamina o homem, não é o que entra pela boca. Mas o que sai dela. Porque a boca fala do que está cheio o coração...*

Os fariseus não podiam compreender aquelas palavras. Mas sua atenção é atraída para os gritos que vêm da porta. Madalena tenta entrar no recinto, mas é contida pelos servos da casa.

- Soltem-me! Soltem-me! Eu quero ver o Nazareno...

- Ei! Quem é a invasora? - sussurra um dos convidados, falando ao ouvido de Simão. - Acaso esta não é a cortesã de Magdala?

- Sim... É ela! - diz outro. - Eu a vi no barco que veio para Naim. Mas, como se vê, parece outra mulher! Esse falso profeta deve tê-la fascinado com suas promessas.

Simão, o fariseu, diz, em voz alta.

- Deixem-na entrar!

Madalena, desvencilhando-se dos braços dos

homens, atira-se aos pés de Jesus. Tira um frasco de alabastro que traz na cintura, abre-o e despeja algumas gotas da essência nos pés do Nazareno, enxugando-os com os cabelos.

– Senhor! Deixa-me aliviar tuas feridas...

Simão, o fariseu, acompanha a cena com olhar malicioso. E cochicha com os demais.

– Se ele é de fato profeta, saberá que se trata de uma pecadora...

Jesus, levantando-se, então vaticina:

– Esta mulher, que consideram em pecado, fez a mim o que eu precisava, mas o que nenhum de vós soube me oferecer: – uma bacia com água para que eu pudesse refrescar a fronte. Em verdade vos digo: quem mais amou, mais digno de perdão é. Vai, mulher, e não peques mais. Teus pecados te foram perdoados!

– Blasfêmia! Como ousa? Só Deus pode perdoar!

Os convidados protestam, indignados. Enquanto Madalena insiste:

– Senhor! Deixa-me ir contigo...

– Por ora, não. Mas em outro momento tu estarás comigo.

Jesus afasta-se do local, mas os fariseus seguem-no, abrindo pergaminhos das escrituras sagradas. "Mestre, Mestre! Onde isso está escrito?"

Madalena, apesar de não poder seguir Jesus, está radiante. A voz do Mestre trazia-lhe uma paz indefinível. Mas um grito tira-a desses pensamentos.

– Senhora, senhora... Precisa sair daqui imediatamente.

– Ruth! Você... Aqui?

– Rufus está a tua procura. Senhora, tua vida corre perigo. Vamos, depressa!

– Oh... Minha boa amiga Ruth! Você tinha razão. Jesus é o enviado de Deus!

Mas a voz de Rufus se faz ouvir, altissonante:

– Maria!

Ruth abraça sua senhora, protegendo-a.

– Rufus! Oh... Rufus! Meu amado.

Rufus aproxima-se, hesitante.

– Quero que o conheças, Rufus. O profeta de Nazaré...

– Eu já o conheci. Cornélius, um dos meus homens, teve a filha curada por suas mãos.

Rufus está mudado. Ruth admira-se com a atitude do centurião. Os três deixam o local e seguem para Magdala. Daquele dia em diante, iriam trabalhar junto aos irmãos do calvário, os leprosos.

O Reino de Deus está dentro de vós

José, o velho carpinteiro, descansa numa cadeira de espaldar alto. Maria acomoda sua cabeça. Beija-lhe a fronte.

– Meu amado. Vou preparar um chá.

José ora em silêncio.

– Oh! Deus de Abraão! Proteja esta família... Proteja nosso filho Jeshua...

Nesse instante, uma luz invade o recinto. Jesus surge à sua frente, em espírito, num fenômeno de desdobramento.

- Tu me chamaste?

- Filho, você veio!

José está tomado de emoção, extasiado com a figura do filho diante de si.

- Jeshua... Há muito trabalho a fazer. A cadeira quebrada ainda espera conserto... Estou terminando aquela mesa, a pedido do rabino. Vem trabalhar comigo!

- A cadeira quebrada terá de esperar... Tenho outro trabalho a fazer, meu pai. . Mas o Filho do Homem carregará o madeiro nos ombros. E nele será pregado, no alto do Monte.

- Jeshua! Não pode ser...

- Vim para dar testemunho da Verdade e exemplificar tudo quanto tenho ensinado. Tudo será para que os homens conheçam as coisas do meu reino...

- Que reino é esse, meu filho?

- O Reino dos Céus. Ele está dentro de cada um. Tu estarás comigo muito em breve. Não temas...

- Jeshua! Jeshua!... Meu filho!

José tenta levantar-se e agarrar os braços de Jeshua. Mas a imagem desvanece.

– José! José! O que aconteceu? Ouvi tua voz... – indaga-lhe Maria, intrigada.

– O Cordeiro de Deus! Ele sofrerá nas mãos dos homens...

– Querido... Você está febril. Está delirando!

– Maria... Você é mais jovem que eu. Verá o que eu não poderei ver com estes olhos. Nosso filho é o Messias! O Salvador! Mas ele sofrerá nas mãos dos homens. Você estará com ele nos momentos extremos... E não ficará desamparada.

– Simão! Tiago! Venham... Venham rápido! Seu pai está morrendo! – grita, observando a face lívida do esposo, os olhos fixos.

Os filhos chegam, esbaforidos, arrojam-se sobre o corpo do pai, inerte. Uma brisa tépida percorre o ambiente. Maria sabe que Jeshua estivera ali. Simão e Tiago dobram-se sobre o corpo do velho pai. Doravante, eles seguiriam seu próprio caminho.

Maria, por sua vez, seguirá para Jerusalém, à procura do filho. Vai encontrá-lo, com a cruz sobre os ombros, na subida ao Gólgota. Em dado instante, quando o Mestre curva-se sob o peso da cruz, pela quarta vez, Maria, em companhia de Joana de Cuza e Maria de Magdala, poderá fitá-lo de perto e ouvir dos lábios do filho amado:

– Mulheres, por que chorais? Chorai antes por vós mesmas...

E por volta da hora nona, ao lado de um dos seus discípulos, ao pé da cruz, ouvirão ainda:

– Mulher... Eis aí teu filho! João... Eis aí tua mãe!

*****

MAIS DE 2 MIL anos depois, uma canção toca no rádio. *"Por que será, meu bom José? Que o seu pobre filho, um dia... Andou com estranhas ideias, que fizeram chorar Maria?*

Surge uma estrada deserta, em que sombras grotescas, formadas pelas árvores seculares, mais terror lançam na solidão da noite fria.

Diário das sombras

Dauny Fritsch

Do infinito, uma voz, trazendo uma súplica, rompe as sombras densas da Terra e pede auxílio.

Quer dar conhecimento ao mundo terreno de sua história, onde "gemidos numa estrada deserta, de um passado longínquo, despertaram-lhe sofrimentos atrozes".

***

Abram-se as cortinas do palco terreno, mais um drama será apresentado aos espectadores ávidos pelas emoções!

Surge uma estrada deserta, em que sombras grotescas, formadas pelas árvores seculares, mais terror lançam na solidão da noite fria.

Alguém, muito ilustre, a julgar-se pela roupagem que enverga, caminha protegido pelas sombras das árvores e deixa pequeno volume aos pés de frondoso tronco.

Uma rajada de vento parece gritar no silêncio da noite: "Ocultas do mundo terreno, mas o mundo espiritual espreita nas sombras da noite, no vento que sibila, nas estrelas que cintilam, nos raios do lugar, que estão ocultos sob as nuvens. Mil olhos contemplam, milhões ouvem... Em pouco, lanternas mágicas, aqui, estarão indicando o precioso achado, que atira ao léu!... Volta!... Recolhe o teu crime. Conduz à luz aquele que atira às trevas! Volta! Volta!".

O ilustre personagem sente algo gélido passar-lhe pela fronte, pelas faces, e estremece, vacilante. Mas, em pouco, o orgulho do seu nome vence todos os mistérios espirituais, que clamam piedade para o enjeitadinho.

***

SONHOS TERRENOS CAEM: EM frangalhos, luzes se apagam, soluços invadem o silêncio noturno da estrada deserta. E uma carruagem, levando cintilante brasão, abafa débeis gemidos do choro de um recém-nascido, o qual ficara entregue à proteção das árvores que guardam o longínquo caminho...

Os cavalos galopam e o retinir das ferraduras, arrancando pedras, parecem gritar: "Nós assistimos a tudo! Nós assistimos a tudo!"

Ramos de árvores se inclinam à passagem da carruagem, mil olhos fitam o interior e gritam ao ilustre passageiro: "Já está voltando? Tudo consumado?".

Um pássaro noturno parece gritar às trevas que envolvem a natureza: "Mãos que destroçam lírios!".

Uma gargalhada de outro pássaro corta o ar. O ocupante da carruagem procura acomodar-se nas macias almofadas, mas que não lhe retribuem o conforto que espera; parecem ter espinhos a lhe cravar no corpo, chicoteado pelo remorso, que ele procura fingir não sentir...

*****

Noite alta. Portões de ferro dão passagem à viatura, que percorre imensa alameda cercada de flores e perfumes. Quando o cocheiro abre a porta do veículo, um homem pálido salta bem defronte a dois lírios em botão, que elevam sua alvura, cintilando nas trevas da noite. Parecem duas mãozinhas tenras, a suplicar: "Tenho frio! Tenho fome!... Medo... Proteja-me".

A imponente figura oculta o rosto entre mãos bem tratadas e é despertado pela voz do lacaio:

– Senhor, a porta está aberta. Boa noite!

O conde desperta, segura o homem que lhe fala e murmura-lhe:

– Que o ouro que lhe dei apague TUDO desta noite, ouviu?

– Senhor, nada vi, nada sei.

*****

AS SOMBRAS DA NOITE estendem seu manto como se tudo pudessem ocultar numa eterna escuridão... Mas, um dia, a luz da verdade surgirá, dissipando trevas, erros e vergonhas terrenas.

Já recolhido ao seu aposento, o conde procura aliviar a fronte que pesa, como se o cérebro fosse de chumbo. Abre as janelas em par à frescura da noite e contempla o céu coberto de estrelas. Tem a impressão de que algumas se unem, formando uma seta de luz, que indica a estrada... É como se algo divino refletisse no céu, para que todos tomassem ciência daquilo que ele ocultou, no silêncio da noite fria. Fugiu da janela, fechando-a; fugiu como um criminoso e mergulhou nos últimos quadros terrenos: era homem ainda jovem, elegante, alta linhagem. Nos seus passeios matutinos pelos arredores, cercados de casinhas simples, encontrou uma linda jovem, qual deusa dos campos.

Seu corpo de donzela refletia a pureza dos anjos, seu sorriso era tão casto que mais parecia o desabrochar de singela flor às carícias do sol. Sua voz era meiga e lembrava ninfas que cantam à beira do rio, em noites de luar. Seu andar despertava a recordação de pétalas de flores que caem, procurando a relva para repousar. Era jovem, mas pobre: seus sentimentos, porém, eram tão sinceros que, muitas vezes, ouviu alguém dizer: "Refletem a limpidez da fonte cristalina".

E ele, nobre, amou esta jovem plebeia, apenas para retratá-la no quadro de suas conquistas amorosas.

Um dia, porém, ela, trêmula, suplicou-lhe amparo, pois tornara-se mãe de um lindo menino e não tinha meios para educá-lo; também, sabia que seus dias não iriam longe, estava doente. (Na verdade, o sonho e tudo de belo e puro que a jovem possuíra fora por ele destroçado.)

Quando a jovem terminou, a figura soberba falou-lhe:

- Irei buscar o menino.

Ela se ajoelhou, beijou-lhe as mãos, agradecida, e partiu. Levava, porém, no coração materno a mágoa da separação do seu querubim, mas era-lhe necessária esta dor, para que tudo florescesse no futuro ao seu filhinho.

E naquela noite ele arrancara do calor e dos beijos maternos o fruto de sua leviandade e o abandonara à friagem noturna e ao amparo das árvores, porque assim determinara o seu orgulho, a sua casta social.

Em breve estaria casado com mulher de sua classe, e tudo estaria esquecido.

Tantas crianças são abandonadas em estradas, ninguém suspeitaria dele...

Mas o conde não percebeu que o vulto enfraquecido da mãe seguiu-o à distância - assim como o cão acompanha com devoção o seu dono - e assistiu ao seu último ato.

Como sofreu naquela hora! Sentindo que as forças lhe faltavam, suplicou a Jesus que lhe desse auxílio para alcançar seu precioso fardo, trazê-lo de volta ao seu carinho, para morrerem juntos.

Quando o sol despontava no dia seguinte, um raio luminoso guiou uma aldeã àquela estrada. Despertou-lhe a atenção um vulto caído junto ao tronco de uma árvore. Correu ao seu encontro e viu um rosto de jovem mulher que parecia falar-lhe: "Ampare meu filhinho".

A humilde criatura verificou, então, que a jovem estava morta, mas que aquecera até seus últimos momentos o filhinho, que dormia tranquilo no seu regaço. A bondosa aldeã suplicou aos céus o amparo divino para o espírito da jovem que, em tão curta existência, sentiu o peso da maldade humana. Jurou, diante do cadáver, velar pela criança, enquanto tivesse nas veias o sangue a lhe correr.

Esta cena, o conde também não viu, mas nos arquivos do infinito alguém anotou.

Flores sorriram na estrada, perfumando o caminho; pássaros cantaram sobre as velhas árvores um hino de louvor; a aragem matutina correu pelos cabelos grisalhos, acariciando-os como se fossem mãos de uma jovem que a abençoasse naquele juramento.

E assim, por mãos desconhecidas, humildes e caridosas, foi salvo o filho do conde. O corpo da jovem recebeu a proteção da última morada e, diante de singela prece, um clarão de luz seguiu-lhe o espírito.

*****

EM UMA CASINHA MODESTA, um forte rapazinho trabalha alegre na lavoura, calejando as mãos. Ao longe, sentadinha, toda curvada, uma velhinha sorri, contemplando o jovem sadio, que lhe ampara a velhice, e pensa: "Quem seria o pai?..." A moça, também ninguém a conhecera naqueles recantos. O jovem tinha feições dignas de um príncipe... Seus sentimentos eram reflexos de luz e paz.

*****

A NOITE, DETERMINADA PELO poder divino, chegou afinal.

O jovem se sentiu atraído para aquela mesma estrada onde há vinte anos a vovozinha o encontrara.

As mesmas árvores com suas frondosas raízes, com suas sombras grotescas guardavam o caminho. O mesmo vento sibilava por entre ramagens; a mesma noite fria, o mesmo céu cintilando de estrelas; a mesma carruagem dos brasões ali estava, mas destroçada ao encontro do mesmo frondoso tronco.

O cocheiro, atirado à distância, estava morto. E, dentro dos destroços, alguém gemia.

E a seta da luz que, há vinte anos, ele vira surgir no céu, desfolhava gotas de claridade.

O jovem camponês se aproximou, ávido de prestar auxílio, e retirou o corpo de um homem envelhecido pelos anos e vencido por um remorso.

Ao se inclinar sobre o agonizante, uma luz estranha, como um farol, iluminou o rosto do jovem, e o medalhão que ele trazia ao pescoço cintilou. O velho conde estremeceu ao ver o rosto da bela jovem e, entre gemidos, perguntou:

- De quem... é... este... retrato?

- De minha mãe, senhor. Meu pai, não o conheci. Fui criado por uma senhora que me encontrou aqui mesmo, junto ao corpo de minha mãe. Mas isso não importa no momento, vamos cuidar do senhor, que está muito ferido. Vou carregá-lo até minha casa e pedirei socorro no seu castelo, depois.

A estranha luz continuava iluminando o rosto do belo rapaz, e o conde relembrava o seu crime de vinte anos atrás. Pareceu-lhe ouvir uma voz que lhe dizia: "Deixou entregue aos braços desta árvore, nas sombras da noite, um recém-nascido...".

Agora, nos seus últimos momentos, recebe, aos pés da mesma árvore, o calor jovem de dois braços fortes, amparando-o nos derradeiros instantes...

Seu orgulho abandonou e tentou sufocar a vida de uma criança indefesa...

Agora, a humildade de um jovem tenta salvar-lhe a vida...

Deixou-o exposto à friagem da noite...

Agora, recebe o calor de um corpo forte que lhe aquece no frio da morte...

O velho conde soluça nos seus derradeiros momentos, aconchegado ao coração do jovem, que procura transmitir-lhe, através dos gestos, a vitalidade que corre em suas veias.

O camponês pareceu ouvir dos lábios trêmulos do conde, num sussurro, as palavras:

– Meu... filho.

Apertou, então, nos braços aquela cabeça branca e beijou-lhe a fronte gelada com carinho.

Da copa das árvores um cântico estranho inundou a velha estrada e uma luz invadiu as sombras, despertando com seu calor as flores, que desabrocharam no silêncio da noite fria.

Tudo que na Terra se faz por um ente querido nos seus derradeiros instantes, o jovem camponês fez, sentindo estranha afeição por aquele homem, tão digno na sociedade... e que perdia a vida em trágicas consequências...

A vovozinha, porém, disse numa tarde ao jovem, o qual, pensativo, recordava aquelas últimas cenas:

– Meu filho, e se este homem tivesse sido o seu pai, você agiria da mesma forma?

– Vovozinha, daria meu sangue para salvá-lo, mas não queria o seu castelo terreno, e sim a ternura de um coração de pai...

No infinito, as estrelas estremeceram ao ouvir os soluços do espírito do conde, torturado pelo remorso. O que fizera ao filho há tantos anos o transformara em enjeitado espiritual.

Hoje, ele vagueia pelo infinito, implorando à Terra um coração materno que o receba de volta, para sofrer as mesmas dores de abandono do rejeitado terrestre.

Uma prece sobe aos céus, seguida de luz e paz, transcrevendo de um "Diário das sombras" esta história, para o exemplo no mundo terreno.

VOCÊ PRECISA CONHECER

Peça e receba – o Universo conspira a seu favor

José Lázaro Boberg

Autoajuda • 16x22,5 cm • 248 pp.

José Lázaro Boberg reflete sobre a força do pensamento, com base nos estudos desenvolvidos pelos físicos quânticos, que trouxeram um volume extraordinário de ensinamentos a respeito da capacidade que cada ser tem de construir sua própria vida, amparando-se nas Leis do Universo.

Getúlio Vargas em dois mundos

Wanda A. Canutti / Eça de Queirós (espírito)

Romance mediúnico • 16x22,5 • 344pp.

Getúlio Vargas realmente suicidou-se? Como foi sua recepção no mundo espiritual? Qual o conteúdo da nova carta à nação, escrita após sua desencarnação? Saiba as respostas para estas e outras perguntas, agora em uma nova edição, com nova capa, novo formato e novo projeto gráfico.

A vingança do judeu

Vera Kryzhanovskaia / J. W. Rochester (espírito)

Romance mediúnico • 16x22,5 • 424 pp.

O clássico romance de Rochester agora pela EME, com nova tradução, retrata em cativante história de amor e ódio, os terríveis fatos causados pelos preconceitos de raça, classe social e fortuna e mostra ao leitor a influência benéfica exercida pelo espiritismo sobre a sociedade.

Não encontrando os livros da EME na livraria de sua preferência, solicite o endereço de nosso distribuidor mais próximo de você através de
Fones: (19) 3491-7000 / 3491-5449
(claro) 99317-2800 (vivo) 99983-2575
E-mail: vendas@editoraeme.com.br – Site: www.editoraeme.com.br

Esta edição foi impressa na gráfica da Editora EME,
em Capivari-SP, sendo tiradas duas mil cópias, todas
em formato fechado 140x210mm e com mancha de
texto de 90x145mm.O texto foi composto em fonte
Book Antiqua e os títulos em Trajan Pro.
Marco Melo desenvolveu o projeto gráfico do miolo.